MANESSE BIBLIOTHEK DER WELTLITERATUR

Fabeln aus drei Jahrtausenden

FABELN

AUS DREI JAHRTAUSENDEN

Auswahl und Nachwort
von Reinhard Dithmar
Mit 23 Holzschnitten,
davon 16 koloriert

MANESSE VERLAG

ISBN 3-7175-1520-9 (Leinen)
ISBN 3-7175-1521-7 (Leder)

 · Druck: Conzett + Huber AG, Zürich

Imprimé en Suisse · Printed in Switzerland

für anneli

Äsop

Bestrafter Treubruch

Adler und Fuchs machten Freundschaft und beschlossen auch, nahe beieinander zu wohnen. Denn das, glaubten sie, würde die Freundschaft nur stärken. Der Adler baute nun sein Nest in den Wipfeln eines hohen Baumes, und der Fuchs schuf seinen Jungen ein Lager unter einem nahegelegenen Busche. Als aber der Fuchs einst jagen gegangen war, fehlte es dem Adler an Nahrung für seine Jungen. Da schoss er denn herab in den Busch, raubte die kleinen Füchslein, und er und seine Jungen verzehrten sie. Der Fuchs kam heim und sah, was vorgefallen war. Mehr noch als der Tod seiner Jungen schmerzte es ihn, dass er sich nicht rächen konnte. Denn wie sollte er, der Erdbewohner, den Vogel verfolgen? So tat er denn das, was auch den Schwachen möglich ist: er stand von ferne und verfluchte seinen Feind.

Aber nicht lange darauf sollte der Adler dafür büssen, dass er die Freundschaft verraten hatte. Landleute opferten nämlich auf dem Felde eine Ziege. Da flog der Adler herbei und raubte vom Altar ein Stück des Opfertiers, ohne zu bemerken, dass er auch ein glühendes Holzscheit mitschleppte. Als er die Beute in sein Nest geworfen hatte, sprang ein frischer

Wind auf, und bald stand das Nest, das aus dürrem Reisig gebaut war, in hellen Flammen. Die jungen Adler aber, die noch nicht flügge waren, fielen halb verbrannt zu Boden. Da eilte der Fuchs herbei und frass sie alle auf vor den Augen des Adlers.

Bestrafte Habgier

Ein Hund, der ein Stück Fleisch im Maul trug, überschritt einen Fluss. Dabei sah er seinen Schatten im Wasser und meinte, das sei ein andrer Hund, der ein grösseres Stück Fleisch habe. Sofort liess er das eigene fahren und fuhr auf das Spiegelbild los, um das Fleisch zu rauben. Aber dabei kam nur heraus, dass er beides verlor, das fremde Fleisch, weil es überhaupt nicht da war, und das eigene, weil es vom Wasser weggetrieben ward.

Der törichte Bock

Ein Fuchs fiel in einen tiefen Brunnen und wusste nicht, wie er wieder herauskommen sollte. Da kam ein durstiger Ziegenbock zum Brunnen, sah den Fuchs und fragte ihn, ob das Wasser gut sei. Der aber verhehlte sein Missgeschick und sagte: «Oh, das Wasser ist ausgezeichnet, klar und wohlschmeckend, komm nur auch herunter!» Da sprang der Bock, ohne sich zu besinnen, hinab. Als er nun seinen Durst gelöscht hatte, fragte er den Fuchs: «Wie wollen

ESOPVS

wir aber wieder herauskommen?» Da sagte der Fuchs: «Oh, das werde ich schon machen. Stelle dich auf deine Hinterbeine, stemme die Vorderbeine gegen die Wand und mache deinen Hals lang. Dann werde ich über deinen Rücken und deine Hörner auf den Rand des Brunnens klettern und auch dir heraushelfen.» Der Bock tat, wie ihm befohlen war, streckte sich aus, und der Fuchs kletterte auf seine Hörner und sprang von dort mit einem gewaltigen Satz auf den Brunnenrand. Dort blieb er, tanzte vor Freuden und verhöhnte den Bock. Der aber machte ihm Vorwürfe, dass er den Vertrag nicht eingehalten hätte. Da sagte der Fuchs: «O Bock, wenn du soviel Gedanken im Kopfe hättest wie Haare im Bart, so wärst du nicht hinuntergestiegen, ohne vorher zu untersuchen, wie du wieder heraus könntest.»

Fremde Federn

Zeus beschloss, den Vögeln einen König zu geben. Daher setzte er eine Versammlung an; in dieser wollte er den schönsten zum König machen. Da eilten alle Vögel zum Fluss, um sich zu säubern und zurechtzuzupfen. Auch die Krähe kam, und da sie sich ihrer Hässlichkeit bewusst war, sammelte sie die Federn, die den anderen Vögeln bei ihrem Putz entfielen, und fügte diese dem eigenen Gefieder ein. So kam es, dass sie viel bunter aussah als alle andern Vögel. Dem Zeus aber gefiel sie, und er wollte sie zum König machen. Da gerieten die andern Vögel in Zorn: sie stürzten sich auf sie, und jeder entriss ihr die eigenen Federn. Und die Krähe war wieder eine Krähe.

Die Rache des Schwachen

Als Äsop von den Delphern zum Richtplatz geführt wurde, sprach er zu ihnen: «Höret mich, Brüder aus Delphi!

Ein Adler verfolgte einst einen Hasen. Da dieser sonst nirgendwo einen Helfer sah, wandte er sich schutzflehend an einen Mistkäfer. Dieser sprach ihm Mut ein und bat den Adler, er möge ihn nicht seiner Kleinheit wegen verachten. Er beschwor ihn beim grossen Zeus, das Schutzrecht zu ehren. Der Adler aber wurde zornig, warf den Mistkäfer mit einem Flügelschlag beiseite, raubte den Hasen und verzehrte ihn. Der Mistkäfer aber verkroch sich in das Gefieder des Adlers und liess sich von diesem zu dessen Nest tragen. Dann kroch er hinein und wälzte die Eier des Adlers über den Rand des Nestes, so dass sie zur Erde fielen und zerbrachen. Der Adler aber nahm sich den Verlust seiner Brut zu Herzen und brütete das nächstemal an einem höher gelegenen Platz. Aber auch dorthin flog ihm der Mistkäfer nach und zerstörte wiederum die Brut. Nun war der Adler ratlos, flog hinauf zu Zeus und flehte den an: ‹Schon zum zweitenmal bin ich meiner Brut beraubt worden. Nun vertraue ich sie dir an, damit du sie bewachst.› Sprach's und legte seine Eier auf die Knie des Zeus. Der Mistkäfer aber ballte eine Kugel aus Mist, flog in die Höhe und liess sie auf das Antlitz des Zeus niederfallen. Zeus sprang auf, um den Schmutz abzuschütteln, und dachte dabei nicht an die Eier des Adlers. So fielen diese zur Erde und zerbrachen. Dann aber erzählte der Mistkäfer dem Zeus, wie der Adler gefrevelt habe und wie er sich vergebens bemüht habe, ihn daran zu hindern. ‹Und er hat nicht allein gegen mich gefrevelt›, fuhr er fort, ‹sondern auch gegen dich. Denn obgleich ich ihn bei dir beschwor, tötete er den Schutzflehenden. Ich aber werde nicht ruhn, bis ich sein ganzes Geschlecht ausgerottet habe.› Da ergrimmte Zeus gegen den Adler und sprach zu ihm: ‹Mit Recht hast du deine Kinder verloren. Das ist die Rache des Mistkäfers.› Weil er aber doch nicht wollte, dass das Geschlecht der Adler aussterbe, riet er dem Mistkäfer, sich mit dem Adler zu versöhnen. Da der aber das hartnäckig verweigerte, verlegte er die Brutzeit des Adlers in die Monate, wo die Mistkäfer nicht fliegen.

Missachtet auch ihr, Männer von Delphi, nicht den Gott, in dessen Heiligtum ich mich geflüchtet habe, wenn es auch klein ist. Denn wenn ihr gegen ihn frevelt, wird er es nicht ungeahndet lassen.»

Was du tust, wirst du erleiden!

Als die Delpher den Äsop zum Richtplatz führten, bat er sie, erst noch eine Geschichte anzuhören. Sie willigten ein und er erzählte:

«Als die Tiere noch alle die gleiche Sprache redeten, gewann eine Maus einen Frosch lieb. Daher lud sie ihn zum Mahle und führte ihn in die Vorratskammer eines Reichen. Da gab es Brot, Käs', Honig, Feigen und alle andern Leckerbissen. ‹Nun iss nach Herzenslust, lieber Frosch›, sagte die Maus. Der liess sich das nicht zweimal sagen, und alle beide schwelgten in auserlesenen Genüssen. Dann sagte der Frosch: ‹Nun komm auch einmal zu mir, liebe Maus, und mäste dich an meinen Schätzen! Damit du aber bei der Reise durchs Wasser keine Angst bekommst, will ich deinen Fuss an meinen anbinden.› Das tat er auch und sprang in den Teich, wobei er die Maus gefesselt mit sich zog. Als diese nun merkte, dass sie ertrinken musste, sprach sie: ‹Ich werde von dir getötet werden, aber von einem Stärkeren werde ich gerächt werden.› So starb sie. Aber wie sie noch auf dem Wasser dahintrieb, flog ein Habicht über den Teich. Der sah die Maus, schoss herab und ergriff sie und zugleich mit ihr den Frosch. Und er verschlang sie beide.»

Babrios

Der Fuchs und der Rabe

Ein Rabe hielt im Schnabel einst ein Stück Käse.
Der schlaue Fuchs, der nach dem Käse sehr gierte,
Betrog den Vogel, indem er so ihn anredet:
«Schön ist dein Fittich und dein Auge scharf, Rabe,
Dein Nacken prächtig; eine Adlersbrust zeigst du,
Und jedes Tier muss deiner Fänge Kraft weichen.
Und solch ein Vogel kann nicht schrein und muss stumm sein.»
Der Rabe, dessen eitles Herz das Lob aufbläht,
Wirft aus dem Schnabel seinen Käse laut krächzend.
Der Schlaue nimmt ihn, und mit Spöttermund ruft er:
«So warst du doch bei Stimm' und keineswegs sprachlos;
Ja, du hast alles, Rabe; nur Verstand fehlt dir.»

Der Wolf und das Lamm

Ein Wolf ersah ein Lämmchen, von der Schafherde
Verirrt. Nicht wollt' er's grade mit Gewalt rauben.
Er suchte darum nach gutem Schein zur Anklage:

«Ein Jahr ist's, dass du noch gar klein mich ausschimpftest.»
«Ein Jahr gewiss nicht, da ich noch kein Jahr alt bin.»
«Du hast benagt den Acker, den ich mein nenne.»
«Noch frass ich nie vom Acker, noch vom Grünfutter.»
«Und trübtest du den Quell mir nicht, den *ich* trinke?»
«Gewiss nicht, da bis heut mich Muttermilch nähret.»
Da fasst der Dieb das Lämmlein, und es auffressend
Spricht er: «Du sollst die Mahlzeit nicht dem Wolf rauben,
Und könntest du auch jede Schuld mir wegstreiten.»

Der Wolf und der Reiher

Dem Wolfe blieb ein Knochen einst im Schlund sitzen,
Und er verhiess: er wolle guten Lohn zahlen
Dem Reiher, wenn er seinen Hals hinabsenkte
Und heraus den Knochen ziehend ihm den Schmerz heilte.
Der zog ihn aus; doch als er nun den Lohn fordert,
Sagt jener, ihn mit Zähnefletschen angrinsend:
«Genug des Lohnes empfingst du für die Heilkünste,
Dass ganz dein Kopf herauskam aus dem Wolfsrachen!»

Wer den Schlechten hilft, der wird nicht guten
Lohn ernten;
Es ist genug, wenn's ihm dafür nicht schlecht
gehet.

Der Löwe und die Maus

Ein Leu fing eine Maus; die wollt' er aufspeisen.
Frau Bröseldieb, vor Augen schon den Tod
sehend,
Fleht so mit Worten zu dem Raubtier inständig:
«Dir ziemt es, Hirsch' und Stiere, stolze
Hornträger,
Zu jagen; solches Fleisch muss deinen Leib
mästen.
Die blossen Lippen sollte dir nicht anrühren
Der schmale Bissen einer Maus; drum, Herr,
schone!
Leicht könnt' ich dir, wie klein ich bin, den Dienst
lohnen.»
Das Raubtier lacht und liess die fleh'nde Maus
leben.
Doch bald geriet er unter junge Waidmänner,
Fiel in das Netz und ward verstrickt mit
Fangseilen
Und wollte schon des Lebens Rettung aufgeben.
Da sprang die Maus gar heimlich aus dem
Schlupfwinkel,
Nagt mit den kurzen Zähnchen an der
Hanfschlinge,
Befreit den Leun, dass er des Tages Licht schaute,
Und lohnt ihm würdig wieder, ihn vom Tod
rettend.

Klar ist der Sinn der Fabel für den Wohl-
wollnden,
Den Armen hilf! Du darfst auf *sie* in Not hoffen,
Da auch die Maus den Löwen aus der Haft löste.

Die Grille und die Ameise

Im Winter holt aus der Kammer einst die Ameise
Ihr Korn, das sie im Sommer aufgehäuft hatte
Zum Trocknen. Hungrig fleht zu ihr die
Heuschrecke,
Sie auch zu speisen, dass sie nicht den Tod litte.
Die fragte, was im Sommer sie getan hätte.
«Ich war nicht müssig, sondern sang die Zeit
über.»
Die Amse lacht und sprach, den Weizen
einschliessend:
«Wer im Sommer singt, der mag zur Winterszeit
tanzen.»

Der Vater und die Stäbe

Vor grauen Zeiten lebt' ein Mann, der sehr alt
war.
Der hatte viele Kinder; da er nun merkte
Sein Ende nahn, und er an sie noch Aufträge
Erteilte, hiess ein Bündel er herbeischaffen
Von dünnen Stäben, die auch einer gleich
brachte.
«Versucht nun, Kinder», sprach er, alle Kraft
sammelnd,

«Ob die verbundnen Stäb' ihr wohl entzwei
brechet.»
Sie konnten's nicht; da sprach er: «Jetzt versucht's
einzeln.»
Da nun so einzeln sie gar leicht entzwei brachen,
So sagte er: «Kinder, also, wenn ihr einträchtig
Zusammen alle haltet, kann kein Mensch jemals
Euch schrecken, wenn er noch so grosse Macht
hätte.
Dagegen, wenn ihr jeder andern Sinn heget,
So wird es jedem wie dem einen Stab gehen.
Für Brüder ist ein grosses Glück und Gut
Eintracht,
Die Niedre schon zu hohem Stand hinaufbrachte.»

Phädrus

Die Frösche, die einen König verlangten

Als unter gleichem Recht Athen erblühte,
Schuf Freiheitsschwindel Unruhn unterm Volk,
Und Übermut zerriss den alten Zügel.
Drauf, als sie in Partein gespalten, wirft sich
Pisistratus als Burgherr und Tyrann auf.
Wie nun das Volk der Knechtschaft Druck
bejammert
Und klagen will, nicht weil ein Wütrich jener,
Doch Ungewohnten jede Last ein Berg deucht,
Da gab Äsop zum besten dies Geschichtchen:
«Die Frösche, frei in ihren Sümpfen schweifend,
Schrien lauten Gequaks zu Zeus um einen
König,
Der ihre lockern Sitten zügeln sollte.
Der Göttervater lacht und sendet ihnen
Ein Klötzchen Holz, das, plötzlich nieder-
stürzend,
Mit hohlem Geplump das zage Völklein
schreckte.
Als eine Zeit im Pfuhl versenkt es dort lag,
Geschieht's, dass einer leis den Kopf hervor-
streckt,
Den König untersucht und alles beiruft.
Jetzt frei von Furcht, schwimmt jeder um die
Wette
Herzu und springt mutwillig auf das Holzstück.

Nachdem sie's so mit aller Schmach besudelt,
Wird Zeus beschickt um einen andern König:
Den er gegeben, könnten sie nicht brauchen. –
Die Hyder sandt' er da mit grimm'gem Zahn,
Die nach der Reih' sie fasste. Ratlos fliehen
Vergeblich sie den Tod: Furcht schliesst den Mund.
Heimlich drum wird Merkur an Zeus beauftragt,
Dass ihre Not er wende; doch der spricht:
‹Habt euer Gutes ihr nicht tragen mögen,
So tragt das Schlimme!›
Ihr auch, Bürger», schloss er,
«Seid jetzt zufrieden, sonst kommt grössres Unheil!»

Der Wolf und der Kranich

Wer Lohn für Dienste von den Bösen fordert,
Fehlt doppelt: erst, dass er Unwürd'gen half,
Dann, weil er kaum nun ungestraft davonkommt.
Dem Wolf im Schlunde blieb ein Knochen stecken;
Von Schmerz bewältigt, will er eins ums andre
Durch Lohn das Übel auszuziehn verlocken.
Endlich vermag ein Eid dazu den Kranich,
Der, seinen langen Hals des Wolfes Rachen
Vertrauend, trotz Gefahr die Kur vollbringt.
Wie er den ausbedungnen Sold nun fordert,
Ruft jener: «Undankbarer, hast dein Haupt
Heil meinem Schlund entrückt und forderst Lohn?»

Der Wolf und das Lamm

Einst kam von Durst getrieben Wolf und Lamm
Zum selb'gen Bach: der Wolf stand oberhalb,
Weit unten erst das Lamm. Da trieb sein Schandbauch
Den Räuber, Anlass beizuziehn zum Streite.
«Was», rief er, «trübst du, wo ich trinke, mir
Das Wasser?» Drauf das Wollentier voll Angst:
«Ich bitt' dich, Wolf, wie kann ich denn das tun?
Von dir fliesst ja der Quell zu meinem Trunke.»
Der Wahrheit Macht erliegend, hebt er nun an:
«Vor jetzt sechs Monden hast du mich geschmäht!»
«Ich?» sagt das Lamm. «Ich lebte da noch gar nicht!»
«Nun», schreit er, «nun beim Zeus, so war's dein Vater!»
Und fasst's trotz aller Unschuld und zerfleischt es.

Mit dieser Fabel ist's auf den gemünzt,
Der Ursach' lügt, Schuldlose zu verderben.

Der Hund und der Wolf

Wie süss die Freiheit, will ich kurz erzählen.
Dem feisten Hund begegnet einst der Wolf,
Fast zum Geripp' verkommen; sich begrüssend
Stehn still sie: «Sprich, wie kommst du zu dem Fett,
Und was hat solchen Wanst dir angemästet?

Ich, der viel stärker, sterbe hier vor Hunger.»
Treuherzig darauf der Hund: «Kannst's auch so haben,
Magst du dem Herrn die gleichen Dienste leisten.»
«Die sind?» fragt der. «Dass du das Tor bewachst
Und nachts das Haus vor Dieben treu beschützest.»
«Das tu' ich wahrlich! Jetzt bei Schnee und Regen
Schlepp' ich im Wald ein saures Leben hin.
Weit mehr behagt mir's, unter Dach zu leben,
Und mühlos mich am reichen Frass zu sätt'gen.»
«So komm mit mir!» Im Gehn erblickt der Wolf
Des Hundes Hals, berieben von der Kette:
«Woher das, Freund?» – «Ach, nichts!» – «Sag's dennoch, bitt' ich.»
«Weil ich zu heftig, legt man tags mich an,
Um dann zu ruhn und erst des Nachts zu wachen.
Befreit, wenn's dämmert, schweif' ich, wo mir's gut dünkt.
Man bringt von selbst mir Brot, vom Tisch des Herrn
Gibt's Knochen, Bissen wirft mir das Gesinde,
Und was von Zukost jeder selbst nicht mag.
So füllt sich ohne Arbeit mir der Bauch.»
«Hör! Steht dir's frei zu gehn, wohin du Lust hast?»
«Nicht völlig.» – «Hund, geniesse, was du anpreist;
Kein König mag ich sein, bin ich mein Herr nicht!»

Der Fuchs und der Storch

Verletze niemand; doch hast du verletzt,
Ist's recht, mit gleichen Ruten dich zu zücht'gen.
Der Fuchs, erzählt man, lud zuerst den Storch
Zur Mahlzeit ein und setzt' in flacher Schüssel
Ihm eine Brüh' vor, die des Storches Schnabel
Trotz Hunger sich umsonst zu kosten mühte.
Nun ladet er den Fuchs und tafelt Flaschen
Voll Brocken auf, worein den Schnabel steckend

Er selbst sich labt, den Gast durch Hunger
peinigt.
Wie der der Flasche Hals vergeblich leckt,
Lässt sich der Wandervogel so vernehmen:
«Was selbst man angab, trage man mit
Gleichmut.»

Das junge Huhn zur Perle

Auf einem Düngerhaufen fand ein Hühnchen,
Indem es Speise suchte, eine Perle.
«So kostbar du, und liegst an solchem Ort!»
Rief es. «Sah's ein Verehrer deines Wertes,
Wärst wieder du zum alten Glanz gekehrt.
Da *ich* dich fand, dem weit mehr liegt an Speise,
Kannst weder mir noch dir du zu was nützen.»
Das sag' ich solchen, die mich nicht verstehn.

Avianus

Vom Esel in der Löwenhaut

Jeder messe sich selbst mit seinem Mass, und mit seinem
Ruhme hab' er genug, fremden lehne er ab,
Dass das entschleierte Trugbild nicht tolles Gelächter errege,
Wenn er im Lumpengewand wieder, im alten, erscheint.
Als der Esel einst fand ein Fell des Gätulischen Löwen,
Zog er es, ungewohnt, über den eigenen Leib:
Straffte die Decke zurecht auf den Gliedern, wo sie zu weit war,
Drückt' sich dann über das Haupt fest das Löwengesicht.
Wie nun Schauder und Schreck sich dem falschen Löwen gesellen
Und die erwartete Kraft durch seine Glieder ihm strömt,
Stapft er den Weidegrund, den gemeinsamen, hochmütig nieder,
Jagt das erschrockene Rind über die grünende Flur,
Bis dann der Bauer erkennt an den grossen Ohren den Esel,

Windelweich ihn verhaut und ihm den Denkzettel gibt.
Und indem er das Fell des Löwen vom Rücken ihm abstreift,
Kanzelt das elende Vieh weidlich mit Worten er ab:
«Magst du, die dich nicht kennen, mit fremder Hülle betrügen,
Was du bisher mir warst, wirst du immer mir sein!»

Vom Hund

Ein Hund, der niemals furchterregend bellte
Und niemals drohend auch den Rachen aufriss,
Viel eher selber ängstlich stets den Schwanz einzog,
Versetzt' einst wütend einem einen Biss.
Die Heuchelei sollt' ferner niemand täuschen:
Drum liess sein Herr fortan ihn stets am Hals
Ein Zeichen tragen; unter seinem Maul
Hing eine Schelle, die bei jedem Ruck
Von weitem anriet: Vorsicht! Er jedoch
Glaubt' damit sich belohnt und sah von nun an
Auf alle seinesgleichen stolz herab.
Als er sie gar im Übermut verhöhnte,
Wies ihn zurecht ein ältrer Volksgenosse,
Ins Ohr ihm diese ernste Mahnung zuzischelnd:
«Bist du denn, Ärmster, ganz von Sinnen, dass du
Hierin Belohnung siehst für treue Dienste?
Die Schelle trägst du nicht für dein Verdienst:
Ihr Klingeln kündet deine Schlechtigkeit!»

Vom Kamel

Zufrieden mit dem Seinen weise leben,
Nicht fremdes Gut begehren: mahnt die Fabel,
Dass nicht das Glück verärgert kommt zurück
Und stehnbleibt und dir alles wieder nimmt,
Was es vorher dir gab mit seines Rads
Umschwung.
Ein riesengrosses Tier begab sich, heisst es,
Zu Jupiter und fleht ihn dringend an,
Ein Schandfleck sei's und lächerlicher Anblick:
Die Ochsen sei'n mit Doppelhorn geziert,
Nur das Kamel sei gänzlich ungerüstet
Und wilden Tieren wehrlos preisgegeben.
Jupiter lacht und täuschte die Erwartung
Und machte obendrein die Ohren kleiner.
«Es muss noch kleiner werden als verdient»,
sprach er,
«Wem nicht genügt sein Teil! Und ewig
jammre,
Du Neidgequälter, über dein Gebrechen!»

Von der Krähe und der Urne

Durstig erblickte die Krähe dereinst eine
mächtige Urne,
Doch nur der Boden war kaum eben mit Wasser
bedeckt.
Lange war sie bemüht, es ganz auf die Erde zu
giessen,
Konnte sie doch dann leicht löschen den
quälenden Durst.

Alles Bemühn war umsonst. Da versuchte sie allerlei Listen,
Wie denn Entrüstung und Not reizt einen findigen Sinn.
Steinchen warf sie hinein, da stieg das Wasser von selber,
Bis zum Trinken sich ihr leichter die Möglichkeit bot.
Also zeigte der Vogel, wie stärker als Kraft ist die Klugheit,
Die das begonnene Werk glücklich zum Ende geführt.

Romulus

Die Schnecke und der Spiegel

Eine Schnecke fand einen Spiegel. Als er ihr so herrlich glänzte, verliebte sie sich in ihn. Indem sie über ihn kroch, machte sie sich gleich daran, ihn abzulecken, tat ihm aber nichts weiter, als dass sie seinen Glanz mit Schleim und Schmutz überzog. So besudelt fand ihn ein Affe und sagte: «Wer sich mit so etwas einlässt, verdient es nicht anders.»

Das gilt für Weiber, die sich mit törichten und nichtsnutzigen Männern verbinden.

Das Rebhuhn und der Fuchs

Ein Rebhuhn sass irgendwo hoch oben. Da kam ein Fuchs und sagte zu ihm: «Wie gut siehst du doch aus! Deine Füsse sind wie Rosen, dein Schnabel glänzt wie eine Koralle. Doch wenn du schliefest, wärest du noch schöner.» Das Rebhuhn glaubte ihm und schloss die Augen. Gleich holte es der Fuchs herunter. Da sagte das Rebhuhn, und es kamen ihm dabei die Tränen: «Ich bewundere deine List und deinen Scharfsinn, bitte sag mir doch erst, wie du heissest! Dann kannst du mich auffressen.» Als nun der Fuchs dem Rebhuhn seinen Namen sagen wollte und dabei den Rachen aufmachte, entwischte es ihm. Betrübt meinte er: «Wozu musste ich auch reden!» Da versetzte ihm das Rebhuhn: «Und was hatte ich nötig zu schlafen, wo ich gar nicht schläfrig war!»

Das gilt für Leute, die da reden, wo es nicht notwendig ist, und schlafen, wo sie wachen müssten.

Das hochmütige Pferd und der Esel

Hören wir die Fabel, die von den Zeitumständen und Wechselfällen des Glücks handelt! Wer sich glücklich weiss, tue keinem Unrecht und denke daran, dass alles Glück zweifelhaft ist, wie diese Fabel lehrt.

Ein mit goldnem und silbernem Zaumzeug herausgeputztes, mit kostbarem Sattel und Schabracke ausstaffiertes, von jugendlicher Kraft strotzendes Pferd begegnete auf einem schmalen Pfad einem Esel, der von weither kam und eine schwere Last trug. Müde von dem langen Weg, machte er dem vorübergehenden Pferd nur zögernd Platz. Da sagte das Pferd zu ihm: «Ich muss mit Gewalt an mich halten, sonst würde ich dir mit meinen Hufen die Rippen zerbrechen, weil du bei der Begegnung nicht vor mir zurückgewichen oder stehengeblieben bist, bis ich vorbei war.» Erschrocken schwieg der arme Esel bei dieser anmassenden Behandlung. – Nicht lange danach war das Pferd abgeritten und bei dem Mangel an ausreichender Pflege ganz abgemagert. Da wurde es auf Geheiss des Herrn auf das Landgut gebracht und musste Mist auf die Äcker bringen. Bäuerlich angeschirrt und mit schwerer Last schritt es nun auf schmalen Wegen. Der Esel weidete auf einer Wiese und erkannte das jetzt unglückliche Pferd wieder. Höhnisch rief er ihm zu: «He! Was hat dir die kostspielige Aufmachung nun geholfen, die dich so anmassend machte? Jetzt musst du ebenso wie wir Landarbeit verrichten. Bist du etwa noch so anmassend?»

Die Fabel ist eine Lehre für alle. Keiner, der mächtig ist, möge irgend jemand einschüchtern.

Das verklagte Schaf

Der Ränkeschmied Hund behauptete, das Schaf sei ihm noch das Brot schuldig, das er ihm geliehen habe. Das Schaf aber bestritt es: «Ich habe niemals Brot von ihm bekommen.» Als sie vor den Richter kamen, gab der Hund an, dass er Zeugen habe. Zuerst wurde der Wolf hereingerufen. Er sagte aus: «Ich weiss, dass er dem Schaf Brot gegeben hat.» Dann trat der Falke vor und erklarte: «In meiner Gegenwart hat das Schaf den Laib Brot erhalten.» Zuletzt kam der Habicht und sagte: «Wie konntest du nur in Abrede stellen, was du bekommen hast?» So wurde das Schaf durch drei falsche Zeugen überführt und musste zurückgeben, was es gar nicht empfangen hatte. Man sagt, es sei gezwungen gewesen, vor der Zeit seine

Wolle zu verkaufen, um zurückerstatten zu können, was es nicht schuldig war.

So fügen Verleumder Unschuldigen und Hilflosen Schaden zu.

Der Wolf und der kranke Esel

Einem schlechten Menschen darf man niemals vertrauen. Vernimm dazu diese Fabel.

Der Wolf besuchte einen kranken Esel und begann seinen Körper zu befühlen und fragte ihn, welche Teile ihm besonders weh täten. «Die du befühlst», antwortete der Esel.

So ist es auch mit schlechten Menschen. Wenn sie so tun, als wollten sie einem nützen, und heuchlerisch freundliche Reden führen, dann sind sie erst recht darauf aus, uns zu schaden.

Aus dem «Pantschatantra»

Der blaue Schakal

In einer gewissen Waldgegend wohnte ein Schakal, mit Namen Tschandarava[1]. Dieser drang einst, von Hunger überwältigt und von der Begierde seiner Zunge getrieben, in das Innere einer Stadt. Als ihn aber die in der Stadt hausenden Hunde allenthalben herumlaufen sahen, fingen sie an, ihn mit den Spitzen ihrer scharfen Zähne zu beïssen. Von ihnen gebissen, stürzte er sich, aus Furcht für sein Leben, in das in der Nähe befindliche Haus eines Färbers. Da war nun ein grosses Gefäss voll Indigo zubereitet, und von den Hunden verfolgt, fiel er grade da hinein. Als er aber herauskaum, war er vom Indigo ganz blau gefärbt. Drauf liefen alle Hunde, da sie eine solche Art Schakal nicht kannten, wohin sie kommen konnten. Tschandarava aber benutzte diese Gelegenheit und machte sich auf den Weg nach dem Wald. Die Indigofarbe wich aber niemals von ihm.

Man sagt ja: Sesamschminke, Toren und Weiber und Krebse, sowie Fische auch, Indigo und Trunkenbolde lassen nimmer, was sie gefasst.

Wie sie nun dieses völlig neue Tier erblickten, welches einen Glanz hatte, ähnlich dem

[1] «schrecklich schreiend»

mit der schwarzen Mimosa zu vergleichenden Gift am Halse des Siva, verloren sämtliche Tiere des Waldes: Löwen, Tiger, Panther, Wölfe und so weiter, vor Furcht die Besinnung, flüchteten nach allen Seiten und sagten: «O weh! Woher in aller Welt mag dieses nie vorher gesehene Tier hierher gekommen sein? Niemand weiss, was sein Treiben und wie seine Stärke ist. Drum lasst uns weggehn, so weit wie möglich!»

Man sagt ja: Wes Treiben man und Abstammung und Körperkraft nicht kennet, dem vertrauet nimmermehr der Kluge, wenn ihm sein Wohl am Herzen liegt.

Tschandarava aber, als er sie von Furcht verwirrt sah, sagte folgendes: «He! He! Ihr Tiere! Warum flieht ihr so erschreckt vor meinem Anblick? Fürchtet euch nicht! Brahman selbst hat mich heut vor sich gerufen und so angeredet: ‹Weil unter den Tieren kein König ist, so bist du heute von mir zum Herrn über alle Tiere gesalbt unter dem Namen Kakudruma. Geh nun zur Erde und herrsche über sie alle!› Darauf bin ich hierher gekommen. Nun sollen alle Tiere beständig unter dem Schatten meines Schirmes wohnen! Ich, König Kakudruma mit Namen, bin der König der Tiere in den drei Welten geworden!»

Nachdem sie dies gehört, umringten ihn die Tiere, den Löwen an der Spitze, und sprachen: «Herr! Gebieter! Erteile deine Befehle!»

Darauf gab er dem Löwen die Stelle eines Ministers, dem Tiger die Bewachung seines Lagers, dem Panther die Oberaufsicht über den Betel, dem Elefanten das Amt des Türhüters, dem Affen das Tragen des Sonnenschirmes; mit denjenigen aber, die zu seinem Geschlecht gehörten, sprach er nicht einmal ein Wort: alle Schakale wurden an den Hals gepackt und hinausgeworfen. Indem er nun so das Königsamt verwaltete, töteten der Löwe und die übrigen Raubtiere das Wild und legten es ihm zu Füssen. Er aber verteilte es nach der Pflicht des Gebieters und gab einem jeden davon. Indem so die Zeit verging, hörte er einst, während er sich im Staatsrat befand, aus der Ferne das Geschrei einer heulenden Schakalherde. Wie er diesen Ton vernahm, starrten ihm die Haare am Körper vor Freude in die Höhe, vor Ergötzen füllten sich seine Augen mit Tränen, er erhob sich und fing an, in schrillem Ton zu heulen. Als aber der Löwe und die übrigen Tiere diesen schrillen Ton hörten, dachten sie: «Das ist ein Schakal!», standen einen Augenblick mit vor Scham gesenktem Gesicht und sagten dann zueinander: «Ha! Wir haben uns von diesem lumpigen Schakal anführen lassen! Schlagt ihn tot! Schlagt ihn tot!» Der Schakal aber, als er dies hörte, suchte zu fliehen, wurde aber von dem Löwen und den übrigen Tieren sogar an ungeziemendem Orte[1] in Stücke gerissen und so getötet.

Daher sage ich: Wer seine nächsten Freund' aufgibt und Fremde sich zu Freunden macht, der wird dem Tod anheimfallen, gleichwie König Kakudruma.

[1] d. i. im Staatsrat, einem gewissermassen heiligen Ort

Die Affen und der Vogel Sutschimukha

In einer gewissen Berggegend wohnte einmal eine Affenherde. Diese konnte sich einstmals zur Winterszeit gar nicht zufriedengeben. Ihre Körper zitterten, weil ein sehr kalter Wind sie anwehte, ein Schneefall sie traf und ein heftiger Regenguss auf sie niederstürzte. Einige Affen sammelten daher Gundscha-Früchte, welche Feuerfunken ähnlich sind, stellten sich rings um sie und pusteten, um Feuer zu erlangen. Als aber ein Vogel namens Sutschimukha diese ihre vergebliche Anstrengung sah, sprach er: «Ach, ihr seid alle Toren! Dies sind keine Feuerfunken; es sind Gundscha-Früchte. Wozu also die unnütze Anstrengung? Dadurch könnt ihr euch nicht gegen die Kälte schützen. Drum sucht irgendeine gegen den Wind geschützte Waldgegend, eine Höhle oder eine Berggrotte! Auch jetzt noch zeigen sich mächtige Regenwolken.» Darauf sprach einer von diesen zu ihm: «Ha! Du Tor! Was geht das dich an? Halt dein Maul!»

Es heisst auch: Einen in Arbeit oft Gestörten, einen Spieler, der unterliegt, soll ein Kluger nicht anreden, wenn er sein eigenes Bestes wünscht.

Und so: Wer Jäger, die umsonst jagen, und Narren, die von Not geplagt, törichterweise anredet, der zieht sich selbst ein Übel zu.

Jener aber, ohne sich raten zu lassen, hörte nicht auf, noch weiter zu den Affen zu sprechen: «He! Wozu die unnütze Mühe?» Da er aber keinen Augenblick mit Schwatzen nachliess, packte ihn ein Affe, der über die vergebliche Arbeit in Zorn geraten war, an die Flügel und schleuderte ihn an einen Fels, so dass er umkam.

Daher sage ich: Kein unkrümmbares Holz krümmt sich; mit Messern schneid't man Steine nicht. Sutschimukha! Bedenk dieses! Lehr keinen, der nicht lernen will!

Und so: Denn Belehrung reizt nur Narren, beruhigt sie aber nimmermehr: das Wasser, das die Schlang' einschlürft, dient zu vermehren nur ihr Gift.

Und ferner: Belehrung soll man nicht geben jedwedem ohne Unterschied.

Kranich, Krebs und Ichneumon

In einer gewissen Waldgegend war ein Feigenbaum voll von vielen Kranichen. In einer Höhlung desselben wohnte eine schwarze Schlange. Diese brachte ihre Zeit damit zu, dass sie die jungen Kraniche, noch ehe sie flügge geworden, auffrass. Da stand denn einst ein Kranich, dessen Junge von ihr aufgefressen waren, aus Kummer über seine Kleinen mit tränengefüllten Augen und zu Boden gesenktem Gesicht am Ufer des Teichs, und ein Krebs, welcher ihn in dieser Verfassung erblickte, sagte zu ihm: «Freund! Warum weinst du da so?» Jener antwortete: «Lieber! Was kann ich sonst? Ich Unglücklicher! Meine Jungen und Verwandten sind von einer in der Höhlung des Feigenbaums hausenden schwarzen Schlange aufgefressen. Über dieses Unglück betrübt, weine ich. Sag mir nun, ob es irgendein Mittel gibt, diese Schlange zu verderben?»

Nachdem er dies gehört, dachte der Krebs: «Dieser ist doch ein angeborner Feind meines Geschlechts. Darum will ich einen solchen aus Wahr und Falsch gemischten Rat geben, dass auch alle übrigen Kraniche zugrunde gehn.»

Es heisst auch: Die Stimme weich wie frische Butter und mitleidlos das Herz gemacht! So wird ein Feind *so* ausgerottet, dass er samt seinem Stamm verdirbt.

Dann sagte er: «Mein Lieber! Wenn du *das* beabsichtigst, so wirf Stückchen von Fischfleisch von der Tür der Ichneumonshöhle an bis zur Höhlung der Schlange, damit der Ichneumon diesen Weg verfolgt und die böse Schlange umbringt.»

Nachdem so geschehen war, ging der Ichneumon den Fleischstücken nach, brachte die schwarze Schlange um, frass aber nach und nach auch alle auf diesem Baume nistenden Kraniche auf.

Daher sagen wir: Den Nutzen soll der Weis' erwägen, doch erwäg' er den Schaden auch! Vor des törichten Kranichs Augen bringt Ichneumon die Kranich' um.

Die Elefanten und die Mäuse

Es gibt einen gewissen Landstrich, welcher mit Quellen, Gefilden, Häusern und Göttertempeln versehen ist. Da hatten sich seit alter Zeit Mäuse niedergelassen, sich in Söhnen, Kindern von

Söhnen, Töchtern und so weiter fortgepflanzt, in den Häusern und Ritzen des Bodens Wohnungen angelegt, und wohnten da dicht gedrängt Haus an Haus. Und so ging ihnen die Zeit hin im Genuss von Essen und Trinken und andren Freuden bei mancherlei festlichen Veranlassungen und Hochzeiten. Indessen begann ein Elefantenfürst, umgeben von Tausenden von Elefanten, mit seiner Herde zu einem Teich zu gehn, von welchem sie von früher her wussten, dass er Wasser enthielte, um da zu trinken. Von diesem Elefantenfürsten nun, der mitten durch die Wohnungen der Mäuse ging, wurde diesen, als ob sie vom Todesgott überfallen wären, Gesicht, Augen, Kopf und Hals zerquetscht, und die, welche mit dem Leben davongekommen waren, sprachen zueinander: «Diese bösen Elefanten haben uns mit ihrem Hingehn zugrunde gerichtet; wenn sie wieder zurückkommen, dann wird von uns nicht ein Samen mehr übrig sein.

Denn: Die Schlang' erschlägt durch ihren Atem, der Elefant, was er berührt, unter Lächeln tötet der König, Ehrfurcht zeigend der Bösewicht.

Drum muss mittlerweile notwendig an eine Hülfe gedacht werden.» Nachdem sie nun überlegt, gingen einige zu dem Teich, verbeugten sich vor dem Elefantenfürsten und sprachen: «Majestät! Nicht weit von hier ist unser durch Erbrecht in grader Linie auf uns übergegangener Wohnort. Da haben wir uns durch Folge von Kind und Kindeskind vermehrt; nun sind wir durch Euch, indem Ihr Wasser halber hierher kommt, zu Tausenden umgekommen; wenn Ihr denselben Weg zurückgeht, dann wird von uns auch nicht einmal ein Samen übrig bleiben. Wenn Ihr Mitleid mit uns habt, dann schlagt einen andren Rückweg ein! Denn sicherlich können auch unsersgleichen Euch einmal von einigem Nutzen sein.» Nachdem der Fürst der Herde dieses gehört und in seinem Herzen erwogen hatte, sagte er: «Es soll geschehn, wie die Mäuse bitten, nicht anders!» und gewährte ihnen ihr Begehr.

Im Fortgang der Zeit nun befahl ein gewisser König seinen Elefantenjägern, Elefanten zu fangen. Diese machten am Wasser eine Elefantengrube, fingen diesen Elefantenfürsten samt seiner Herde, zogen sie nach drei Tagen mit Stricken und andren starken Hebeln von da heraus und banden sie in ebendiesem Walde an dickstämmige Bäume. Nachdem nun die Männer, welche sie angebunden hatten, sich entfernt hatten, überlegte der Elefantenfürst: «Auf welche Weise und von wem kann ich befreit werden?» Da dachte er: «Ausser diesen Mäusen gibt es für uns kein Mittel der Befreiung.» Darauf liess ihnen der Elefantenfürst durch eine Elefantin, welche sich ausserhalb des Ortes befand, wo die Elefanten angebunden waren, und den Wohnort der Mäuse von früher her kannte, das Unglück seiner Gefangenschaft melden. Diese, nachdem sie es gehört, versammelten sich zu Tausenden, um ihren dankbaren Gegendienst zu erweisen, gingen zu dieser Herde, und nachdem sie den Elefantenfürsten samt derselben gebunden gesehen, zerbissen sie die

Schlingen, stiegen die Baumstämme herauf und zernagten die Stricke, womit sie an den Stämmen befestigt waren, und erlösten sie aus ihrer Gefangenschaft.

Daher sage ich: Freunde soll man sich verschaffen, starke sowohl als schwache auch: eine Elefantenherde wird von Mäusen im Wald befreit.

Der Esel im Tigerfell

In einem gewissen Orte wohnte einst ein Walker namens Suddhapata[1]. Dieser hatte einen Esel, welcher aus Mangel an Futter überaus schwach geworden war. Der Walker nun, als er im Walde umherschweifte, sah einen toten Tiger. Da dachte er: «Ah! Das trifft sich gut! Mit diesem Tigerfell will ich den Esel bedecken und ihn in der Nacht in die Gerstenfelder loslassen, damit die in der Nähe befindlichen Feldhüter ihn für einen Tiger halten und nicht wegjagen.» Nachdem dies geschehen war, frass der Esel Gerste nach Lusten. Auf diese Weise wurde er im Verlauf der Zeit fett, und es kostete Mühe, ihn in den Stall zu bringen, wo er angebunden zu werden pflegte. Einst aber, vor Brunst übermütig, hörte er aus weiter Ferne das Geschrei einer Eselin. Auf dieses blosse Geschrei hin fing er auch an zu brüllen. Da erkannten die Feldhüter, dass es ein in ein Tigerfell gekleideter Esel sei, und schlugen ihn mit Knüttel-, Pfeil- und Steinwürfen tot.

Daher sage ich: Obgleich sich wohlgeschützt

[1] «reines Zeug habend» = «Zeugreiniger»

wähnend, mit einem Tigerfell bedeckt und furchtbare Gestalt zeigend, starb der Esel durch sein Gebrüll.

Der zerbrochene Topf

In einem gewissen Orte wohnte ein Brahmane namens Svabhavakripana[1]. Dieser hatte mit dem erbettelten Reisbrei, der ihm nach dem Essen übrig blieb, einen Topf angefüllt; diesen Topf hatte er an einen Nagel an der Wand gehängt, darunter seine Bettstelle gestellt und schaute ihn nun in der Nacht, ohne einen Blick davon zu verwenden, an und dachte dabei: «Dieser Topf ist doch über und über voll von Reisbrei. Wenn nun eine Hungersnot entsteht, dann wird er hundert Silberstücke einbringen. Dafür werde ich alsdann ein Paar Ziegen kaufen; da diese alle sechs Monate Zicklein werfen, so wird daraus eine Herde Ziegen entstehen. Dann für die Ziegen Rinder! Sobald die Kühe gekalbt haben, verkaufe ich die Kälber. Dann für die Rinder Büffel! Für die Büffel Stuten! Sobald die Stuten geworfen haben, werde ich viele Pferde besitzen. Aus dem Verkauf von diesen löse ich viel Gold. Für das Gold bekomme ich ein Haus mit vier Gebäuden in einem Viereck. Dann kommt ein Brahmane in mein Haus und gibt mir ein sehr schönes Mädchen mit grosser Mitgift zur Frau. Die wird einen Sohn gebären. Dem werd' ich den Namen Somasarman geben. Wenn dieser dann alt genug

[1] «durch seine eigene Natur ein Unglücksvogel»

ist, um sich auf meinen Knien zu schaukeln, dann werde ich ein Buch nehmen, mich hinten in den Pferdestall setzen und studieren. Mittlerweile sieht mich Somasarman, und begierig, auf meinen Knien zu schaukeln, klettert er von seiner Mutter Schoss und kommt zu mir dicht an die Hufe der Pferde. Dann werde ich, von Zorn erfüllt, der Brahmanin zurufen: ‹Nimm das Kind! Nimm das Kind!› Sie aber, mit Hausarbeit beschäftigt, hört meinen Ruf nicht. Dann spring' ich auf und gebe ihr einen Fusstritt.» Indem er so in diese Gedanken versenkt war, stiess er mit dem Fusse so aus, dass der Topf zerbrochen und er selbst von dem Reisbrei, welcher sich im Topfe befand, weiss gefärbt war.

Daher sage ich: Wer unvernünft'ge Projekte über die Zukunft spinnet aus, dem geht's wie Somasarmans Vater: er liegt im Reisbrei weiss gefärbt.

Aus dem «Hitopadesa»

Vom leichtsinnigen Affen

In Magadha lebte ein Kayastha[1] namens Subhadatta[2] nahe am Dharma-Walde. Dieser hatte angefangen, einen Tempel zu errichten, und ein Zimmermann hatte einen Keil zwischen zwei Holzstücke eines Stammes gesteckt, den er erst mit einer Säge durchschnitten und etwas voneinander gezogen hatte. Abends kam eine Herde Affen, die sich im Walde aufhielt, dorthin und spielte. Einer von ihnen ergriff wie vom bösen Schicksal getrieben den Keil mit den Händen und setzte sich so, dass der untere Teil seines Körpers zwischen dem Spalt der beiden Holzstücke herabhing. Bald darauf hatte er, leichtsinnig wie er war, den Keil mit grosser Anstrengung herausgezogen, und indem dies geschah, wurde sein Unterkörper von den beiden Stücken zermalmt, so dass er sterben musste.

Deshalb sage ich: Ein Mann, der gern tut, was ihn nichts angeht, der stürzt zu Boden, wie der Affe, der den Keil herauszog.

[1] Die Kayasthas bilden eine Mischung der zweiten und dritten Kaste, indem der Vater ein Dschatriga und die Mutter eine Sudra ist. Sie sind Schreiber und werden gewöhnlich von Europäern in Dienst genommen. Auch sind sie besonders berühmt durch glänzende Festlichkeiten, die sie zu Ehren ihrer Gottheiten veranstalten.

[2] Glücksrabe

Vom Hund, dem Esel und dem Dieb

In Varanasi lebte ein Wäscher namens Karpurapata[1]. Dieser hatte einst mit seiner jungen Geliebten Kurzweil getrieben und war dann fest eingeschlafen. Unterdes waren Diebe in das Haus gekommen, um seine Sachen zu stehlen. Am Eingang des Hauses aber stand ein Esel angebunden und ein Hund, der sich gelagert hatte. Da sprach der Esel zum Hunde: «Das ist dein Geschäft, warum bellst du also nicht laut und weckst den Herrn?» Der Hund antwortete: «Was kümmerst du dich um mein Amt? Du weisst ja selbst, dass ich Tag und Nacht sein Haus bewache. Daher ist er aber schon lange sorglos geworden, kennt meinen Nutzen nicht, und er versorgt mich nur langsam mit Futter, denn wenn die Herren keine Gefahr erblicken, so achten sie nicht auf ihre Diener.» Der Esel antwortete: «Pfui, du Barbar! Wer zur Zeit der Not etwas verlangt, ist der ein Diener, ist der ein Freund?» Der Hund sagte: «Wer die Diener nicht schätzt, ist der ein Herr zur Zeit der Not?»

Bei der Ernährung der Angehörigen, bei der Bedienung des Herrn, im Dienste der Tugend und zur Erzeugung eines Sohnes gibt es keine Stellvertreter.

Da sprach der Esel zornig: «Du bist schändlich, dass du im Unglück deinen Herrn missachtest. Sei es! Ich will alles tun, damit der Herr erwache.»

Denn: Die Sonne soll man mit dem Rücken,

[1] «Weissrock»

das Feuer auf dem Bauche, den Herrn aus aller Kraft, die andere Welt ohne Falsch verehren.

So sprach er und fing an zu schreien. Der Wäscher erwachte bei diesem Geschrei, stand auf und schlug den Esel mit dem Stocke voll Zorn, dass er seinen Schlaf gestört.

Deshalb sage ich: Man soll sich nicht zum Nutzen seines Herrn um fremde Dinge bekümmern. Der Esel litt Schmerz, indem er für sein Geschrei geschlagen ward.

Vom Löwen, der Maus und der Katze

Auf dem Berge Arbudasikhara[1] lebte ein Löwe, Mahavikrama[2] genannt. Täglich nun frass eine Maus an dessen Mähne, wenn er vor ihrem Loche im Berge lag und schlief. Als der Löwe seine Mähne zerfressen sah und die Maus in ihrem Loche nicht packen konnte, so dachte er erzürnt: «Was soll man da machen?»

Was ein kleiner Feind ist, der wird mit Stärke nicht gefangen; man muss ihm einen gleichen Gegner stellen, um ihn zu töten.

So ging der Löwe in das Dorf, lockte sich eine Katze namens Dadhikarna[3] herbei, indem er ihr Fleisch und andere Leckerbissen gab, und trug sie in seine Höhle. Darauf kam die Maus aus Furcht vor ihr nicht heraus, und der Löwe schlief vergnügt, ohne dass man ihm seine Mähne zernagte. Solange er nun noch den Ton der

[1] ein Berg, der unzählige Spitzen hat
[2] «Grosskraft»
[3] Milchohr

Maus hörte, ernährte er die Katze und gab ihr Fleisch zu fressen. Einstmals aber kam die Maus, von Hunger getrieben, hervor, ward von der Katze gepackt und umgebracht. Als darauf der Löwe nie mehr einen Ton von der Maus hörte, dachte er nicht mehr daran, der Katze zu fressen zu geben, da er sie nicht mehr brauchte, und die Katze ward ganz hinfällig, da sie keine Nahrung mehr fand.

Deshalb sage ich: Der Diener darf den Herrn nicht sorglos machen; macht er den Herrn sorglos, so geht es ihm wie dem Dadhikarna.

Vom Ungeheuer mit der Glocke und der armen Frau

Inmitten des Sriparvata-Gebirges liegt eine Stadt namens Brahmapura. In der Nähe derselben, sagten die Leute, hauste ein Ungeheuer, mit Namen Ghantakarna[1]. Es war nämlich einst ein Dieb, der eine Glocke gestohlen hatte, geflohen und war von einem Tiger umgebracht und gefressen worden. Die Glocke, die seiner Hand entfiel, ward von den Affen aufgenommen, und sie liessen sie alle Augenblicke ertönen. Als nun die Leute aus der Stadt sahen, dass der Mensch gefressen war, und das Läuten der Glocke hörten, so flohen sie alle aus der Stadt und sagten: «Ghantakarna ist erzürnt und hat diesen Menschen gefressen.» Darauf wandte sich eine Frau, die viel nachgeforscht und ge-

[1] «Glocken-Ohr»

funden hatte, dass ein Affe die Glocke erschallen liess, an den König und sagte: «Wenn ich viel Geld bekomme, so will ich den Ghantakarna töten.» Der König gab ihr Geld und entliess sie. Nachdem man ihr sodann grosse Ehre durch die Verehrung des heiligen Kreises[1], durch ein Gastmahl und andere Dinge erwiesen hatte, nahm sie Früchte, welche die Affen gern essen, ging in den Wald und streute sie aus. Als die Affen darauf die Glocke liegen liessen und sich nur mit den Früchten beschäftigten, nahm die Frau die Glocke, kehrte nach Hause zurück und ward von aller Welt verehrt.

Deshalb sage ich: Vor einem blossen Tone soll man sich nicht fürchten, wenn man die Ursache desselben nicht kennt. Eine Frau, die den Grund eines Tones erkannte, erhielt dadurch grosses Ansehn.

Vom Storch, den Fischen und dem Krebs

Im Lande Malava liegt ein Teich, Padmagarbha[2] genannt. Dort war ein alter Storch, der, da er keine Kraft mehr hatte, sich sehr traurig stellte. Als ihn ein Krebs von weitem erblickte, so frug er ihn: «Warum stehst du so ohne Nahrung da?» Der Storch sagte: «Die Fische sind meine Nahrung, und diese werden hier alle sicherlich von den Fischern gefangen werden. Diese Kunde habe ich in der Nähe der Stadt vernommen, und da ich nun keine Kost haben werde, so ist

[1] eine mystische Handlung
[2] Lotosschloss

mein Tod gekommen. Da ich dies weiss, so kümmre ich mich nicht um meine Nahrung.» Als die Fische dies hörten, dachten sie alle: «Unter solchen Umständen gilt auch er als unser Wohltäter. Selbst ihn also wollen wir fragen, was zu tun ist.»

Denn: Mit einem nützlichen Feinde soll man sich verbinden, nicht mit einem schädlichen Freunde. Denn Nutzen und Schaden sind als ihre Merkmale zu merken.

Die Fische sprachen: «Was gibt es hier für ein Mittel zu unserm Schutz?» Der Storch sagte: «Die einzige Rettung ist, sich in ein anderes Wasser zu flüchten, und ich werde euch dorthin bringen.» - «Es sei», sagten die Fische furchtsam, und der böse Storch trug sie einen nach dem andern fort und verzehrte sie. Da sprach ein Krebs zu ihm: «Höre, Storch, führe mich auch dorthin!», und der Storch, der nach dem Fleische des Krebses, das er noch nicht kannte, lüstern war, trug ihn freundlich fort, und als er auf dem Trocknen war, hielt er ihn fest. Der Krebs aber, der die Fischgräten auf dem Boden herumgestreut sah, dachte: «Ach, ich Unglücklicher, ich bin verloren! Auf denn! Wie es die Zeit fordert, werde ich jetzt handeln.» Als darauf der Storch seinen Hals ausstreckte, um ihn zu töten, so zerschnitt der Krebs denselben mit seiner Schere.

Deshalb sage ich: Ein Storch, der viele grosse, kleine und mittelmässige Fische verzehrt hatte, ward zuletzt von einem Krebs getötet, wegen seiner übermässigen Gefrässigkeit.

Vom Brahmanen im Töpferladen

In der Stadt Devikotta lebte ein Brahmane namens Devasarma[1]. Dieser fand zur Zeit der Nachtgleiche einen Topf voll Gerste. Er nahm ihn, und als er sich in der Nacht auf ein Lager in einem Winkel eines Töpferladens, der voll von Gefässen war, gelegt hatte, dachte er: «Wenn ich die Metze Gerste verkaufe, so bekomme ich zehn Kapardakas[2]; dann kaufe ich für diese, unter den jetzigen Umständen, Töpfe und andere Gefässe, und indem ich sie wieder verkaufe, wachsen meine Gelder nach und nach. Ich kaufe dann wieder Betel, Kleider und andere Waren, und wenn ich mein Vermögen bis auf hunderttausend gebracht habe, so heirate ich vier Weiber. Gegen die Schönste bin ich aber am zärtlichsten, und wenn dann die andren Frauen aus Eifersucht Streit anfangen, dann werde ich zornig und schlage sie mit dem Stocke.» Mit diesen Worten stand er auf und warf den Stock hin, so dass der Gerstentopf zertreten und viele Gefässe zerbrochen wurden. Der Töpfer, der den Lärm von den zerbrochenen Gefässen hörte, brachte den Brahmanen, als er alles sah, mit Scheltworten aus dem Laden heraus.

Deshalb sage ich: Wer sich über einen Plan, der noch nicht in Erfüllung ging, sehr freut, der wird ausgescholten, wie der Brahmane mit den zerbrochenen Töpfen.

[1] «Gottselig oder Gotthold»
[2] eine kleine Münze

Aus «Calila und Dimna»
oder die Fabeln Bidpais

Die Schildkröte und die zwei Enten

Es war ein Teich und daneben eine grüne Wiese. Auf derselben waren zwei Enten und in dem Teich eine Schildkröte, welche miteinander in Liebe und Freundschaft verbunden waren. Es traf sich nun, dass das Wasser des Teiches austrocknete. Da gingen die Enten zu der Schildkröte, um von ihr Abschied zu nehmen und ihr ein Lebewohl zu sagen, indem sie sagten: «Wir müssen diesen Platz verlassen, weil kein Wasser mehr da ist.»

Die Schildkröte gab zur Antwort: «Das Verschwinden des Wassers trifft meinesgleichen noch viel empfindlicher, da ich, wie ein Schiff, immer im Wasser sein muss, um leben zu können, währenddem ihr euer Leben fristen könnt, wo ihr auch seid. Drum nehmt mich mit euch!»

Die Enten erwiderten: «Nun gut!»

«Aber wie könnt ihr mich weiterschaffen?» fragte die Schildkröte.

Die Enten versetzten: «Wir nehmen einen Stock an seinen beiden Enden, du hängst dich an die Mitte desselben an, und so fliegen wir mit dir durch die Luft. Aber hüte dich ja, wenn du die Leute unter uns sprechen hörst, ihnen Antwort zu geben!»

Darauf nahmen sie die Schildkröte und flogen mit ihr durch die Luft. Die Leute aber, welche das sahen, riefen: «Welch Wunder! Eine Schildkröte in der Mitte von zwei Enten, welche sie tragen!»

Da sagte die Schildkröte, als sie solches hörte: «Gott möge euch verblenden, ihr Menschen!»

Allein alsbald, nachdem sie ihren Mund zum Sprechen geöffnet, fiel sie auf die Erde herab und gab ihr Leben auf.

Die Affen und der Vogel

Ein Haufe von Affen wohnte auf einem Berge. In einer kalten, stürmischen Nacht hätten sie gern Feuer gehabt, um sich wärmen zu können, konnten aber keines bekommen. Endlich erblickten sie einen Glühwurm, der einem Feuerfunken glich, hielten denselben wirklich für Feuer, schleppten dann viel Holz herbei, welches sie auf den vermeintlichen Funken legten, und bliesen aus vollen Kräften, um ein Feuer zustande zu bringen, an dem sie sich wärmen könnten. In der Nähe von ihnen sass aber ein Vogel auf einem Baum, welchen sie im Gesicht hatten, wie auch er sie. Als derselbe sah, was die Affen taten, redete er sie an und sagte zu ihnen: «Mühet euch nicht so ab, denn was ihr da gesehen habt, war kein Feuerfunke!»

Vergeblich wiederholte er öfters diese Worte. Endlich sah er sich bewogen, sich selbst den Affen zu nähern, um sie von ihrem nutzlosen

Bemühen abzuhalten. Da kam ein Mann an ihm vorüber, der, sobald er seine Absicht erkannte, zu ihm sagte: «Suche nicht zu verbessern, was sich nicht verbessern lässt, denn an einem harten Stein, der sich nicht durchhauen lässt, darf sich kein Schwert versuchen, und aus einem Holze, das sich nicht biegen lässt, wird man nie einen Bogen machen können.»

Der Vogel hörte aber nicht auf die Stimme des Mannes, sondern trat den Affen nahe, um sie zu belehren, dass der Glühwurm kein Feuerfunke sei. Da packte ihn ein Affe und schlug ihn auf die Erde, dass er starb.

Der Kaufmann und sein schlechter Freund

Es lebte einmal ein Kaufmann in dem und dem Lande. Als er auf Reisen gehen wollte, um sich Erwerb zu suchen, legte er hundert Pfund Eisen, das er hatte, bei einem seiner Freunde nieder und trat dann seine Reise an. Nach Verfluss von einiger Zeit kehrte er heim und verlangte von seinem Freund das Eisen zurück. Dieser aber entgegnete ihm: «Die Mäuse haben es gefressen.»

Der Kaufmann versetzte: «Ja, ich habe auch schon gehört, dass die Zähne der Mäuse vorzüglich geeignet sind, das Eisen zu zernagen!»

Da freute sich der Mann, dass sein Freund seiner Aussage gleich Glauben geschenkt. Der Kaufmann verliess dann seinen Freund. Als ihm aber der Sohn seines Freundes begegnete, nahm er ihn mit sich nach seiner Wohnung.

Den anderen Morgen kam dieser zu ihm und fragte ihn: «Weisst du nichts von meinem Sohn, denn ich vermisse ihn?»

Der Kaufmann erwiderte: «Wie ich gestern von dir wegging, erblickte ich einen Falken, der einen Knaben geraubt; vielleicht war der dein Sohn.»

Sein Freund schlug sich auf diese Worte hin vor den Kopf und sagte: «Hat auch schon jemand gehört oder gesehen, dass Falken Kinder rauben?»

Der Kaufmann erwiderte: «Jawohl! Und in einem Lande, wo Mäuse hundert Pfund Eisen fressen, dürfte man sich nicht wundern, wenn Falken Elefanten raubten!»

Da entgegnete der Mann: «Ich habe dein Eisen mir zunutze gemacht, hier hast du das Geld dafür, aber gib mir nun auch meinen Sohn wieder!»

Der Affe und der Zimmermann

Ein Affe, erzählte man, sah einen Zimmermann ein Stück Holz spalten vermittels zweier Keile, indem er auf dem Holz rittlings sass. Das setzte den Affen in Erstaunen. Kaum war der Zimmermann nach einem andern Geschäft fortgegangen, so erhob sich der Affe und ergriff ein Geschäft, das nicht das seinige war. Er setzte sich nämlich rittlings auf das Holz, lehnte sich mit dem Rücken an den hintern Keil und richtete sein Gesicht auf das Stück Holz. Da kamen seine Hoden in die Spalte zu hangen, und er zog den vordern Keil heraus, und die Spalte klaffte zusammen. Da fiel er in Ohnmacht. Nach einiger Zeit kam der Zimmermann, und wie er den Affen an seiner Stätte sah, nahte er sich demselben und schlug ihn tüchtig durch. Die Schläge aber, die er von dem Zimmermann erhielt, verursachten ihm noch ärgere Schmerzen, als ihm das zusammenklaffende Stück Holz verursachte.

Der Fuchs und die Pauke

Ein Fuchs kam in den Wald, in welchem eine Pauke an einem Baum aufgehängt war. So oft ein Wind wehte, schlugen die durch denselben bewegten Zweige die Pauke an, und es erschallte ihr starker, bewundernswürdiger Ton. Der Fuchs ging dem Ton, den er vernommen, nach, bis er zur Pauke kam. Er fand dieselbe sehr dickleibig und glaubte deshalb sicherlich, dass sie viel Fett und Fleisch haben müsse. Er machte sich dann an dieselbige, bis er sie entzwei brachte. Allein als er sah, dass sie hohl war und nichts in ihr, sprach er: «Ich weiss nicht, wie das möglich ist, dass das gehaltloseste Ding den lautesten Ton von sich gibt und den grössten Körperumfang hat.»

Dieses Gleichnis, fügte Dimna bei, habe ich dir mitgeteilt, um dir bemerklich zu machen, dass, wenn wir diesem Ton, der uns so erschreckt hat, nachgingen und untersuchten, woher er käme, wir ihn gewiss nicht so schrecklich finden würden, als er uns nun vorkommt.

Marie de France

Der Wolf und das Lamm

Hier wird von einem Wolf und einem Lamm berichtet, die an einem Wasserlauf tranken. Der Wolf trank an der Quelle, und das Lamm stand stromabwärts. Zornig redete der Wolf, der sehr streitsüchtig war, und voller Unwillen sprach er zu ihm: «Du machst mir grossen Verdruss!»

Da fragte das Lämmchen: «Aber warum denn, Herr?»

«Siehst du denn nicht? Du hast mir dieses Wasser so verschmutzt, dass ich mich nicht satt trinken kann. Nun muss ich, glaube ich, ebenso wie ich gekommen bin, wieder fortgehen, nämlich sterbend vor Durst.»

Da antwortete ihm das Lämmchen: «Aber Herr, Ihr trinkt doch oberhalb! Von Euch zu mir floss, was ich getrunken habe!»

«Was?» schrie der Wolf, «verspottest du mich?»

Das Lämmchen drauf: «Das will ich nicht!»

Da antwortete der Wolf: «Ich weiss aber, wie es wirklich ist. Genauso hat sich dein Vater benommen, als ich hier an dieser Quelle mit ihm zusammen war, vor sechs Monaten war es, glaube ich.»

«Was werft Ihr mir das vor?» sprach das

Lämmchen. «Soviel ich weiss, war ich damals noch gar nicht geboren.»

«Und was soll das?» sagte der Wolf. «Zumindest jetzt benimmst du dich widerborstig, machst, was du nicht solltest.»

Darauf packte der Wolf das kleine Lamm, würgte es mit den Zähnen und brachte es um.

So machen es auch die reichen Räuber, die Grafen und Richter mit denen, die ihrer Gerichtsbarkeit unterstehen. Sie finden aus Habgier falsche Anschuldigungen, um sie zugrunde zu richten. Oft lassen sie sie vor Gericht erscheinen und ziehen ihnen Haut und Haar ab, so, wie es der Wolf mit dem Lamm getan hat.

Der Rabe und der Fuchs

Es geschah, was wohl möglich ist, dass ein Rabe am Fenster einer Vorratskammer vorbeiflog; da sah er die Käse, die dort drinnen auf geflochtenen Tellern lagen. Einen davon schnappte er sich und flog auf und davon.

Da kam ein Fuchs des Wegs und begegnete ihm. Es gelüstete ihn mächtig nach dem Käse, seinen Teil wollte er davon fressen; mit List wollte er versuchen, den Raben hereinzulegen. «Bei Gott dem Herrn», sagte der Fuchs, «wie reizend ist doch dieser Vogel! Auf der ganzen Welt gibt es nicht seinesgleichen! Nie habe ich mit meinen Augen einen so schönen gesehen! Wäre seine Stimme so wie seine Gestalt, dann wäre er mehr wert als feines Gold.»

Der Rabe hörte, wie man ihn so hoch rühmte, dass es auf der ganzen Welt seinesgleichen nicht gebe. Da entschloss er sich zu singen: des Gesangs wegen wollte er das Lob nicht einbüssen. Er öffnete den Schnabel und setzte an: da entglitt ihm der Käse und fiel natürlich zu Boden, und der Fuchs sprang herbei, um ihn zu erhaschen. Danach kümmerte er sich nicht mehr um den Gesang, denn er hatte ja den Käse, wie er es gewünscht.

Das ist ein Beispiel für die Hochmütigen, die auf Lobhudelei erpicht sind: durch Schmeicheleien und Lügen kann man sie leicht dem eigenen Wunsch gefügig machen; das Ihre geben sie törichterweise preis um der falschen Schmeichelei der Leute willen.

Der Löwe und die Maus

Von einem Löwen wird erzählt, dass er in einem Wäldchen, wo er hauste, eingeschlafen war. Um ihn herum vergnügten sich kleine Mäuse und spielten. Ein Mäuschen lief, ohne sich vorzusehen, über den Löwen hinweg und weckte ihn auf. Der Löwe war sehr wütend. Er packte die Maus; er war so zornig, dass er sie töten wollte. Da brachte sie zu ihrer Entschuldigung vor, dass sie es nie und nimmer absichtlich getan habe. Und der Löwe liess sie daraufhin frei; auch sagte er sich, es hätte ihm kaum zur Ehre gereicht, wenn er die Maus getötet hätte.

Nun, heisst es, dauerte es gar nicht lange, da

warf ein Mann eine Grube auf und höhlte sie aus. In der Nacht wurde der Löwe darin gefangen. Er hatte grosse Angst, man töte ihn, und er schrie und brüllte in der Grube. Auf das Schreien kam die Maus sogleich herbeigelaufen; doch wusste sie nicht, dass der es war, den sie im Wald aufgeweckt hatte. Als sie ihn so überlistet sah, fragte sie ihn, was er dort zu suchen hatte.

Der Löwe antwortete ihr, er sei gefangen und würde unter Qualen getötet.

Da sagte die Maus: «Habt keine Angst! Nun will ich an Euch wieder gutmachen, dass Ihr Erbarmen mit mir hattet, als ich Euch mit meinen Füssen trat. Scharrt die Erde so lange mit Euren Pfoten auf, bis Ihr festen Stand habt, und dann schwingt Euch nach oben; denn so könnt Ihr da hinausgelangen. Und ich lasse noch mehr Mäuse herkommen, damit sie mir helfen, die Stricke hier und die Netze, die gespannt sind, zu zernagen. Dann hält Euch nichts mehr fest.»

Der Löwe handelte nach der Anweisung der Maus und wurde gerettet. Er entkam gut aus der Grube. So hatte sich seine Freundlichkeit gelohnt.

Diese Fabel lehrt uns etwas, woran die Reichen, die über die Armen Gewalt haben, sich ein Beispiel nehmen sollten: wenn diese ihnen unabsichtlich Schaden zufügen, dann sollten sie Gnade walten lassen. Denn es kann auch vorkommen, dass der Reiche selbst, überraschend in Not geraten, des andern dringend bedarf und der ihm besseren Rat weiss als der beste seiner Freunde.

Der Hahn und der Edelstein

Von einem Hahn erzählt die Fabel, der auf einen Misthaufen stieg und dort scharrte; so suchte er auf seine Art nach Nahrung, wie er es eben verstand. Dabei fand er einen kostbaren Edelstein. Er sah ihn blitzen und betrachtete ihn. «Ich wollte», sagte er, «meine Nahrung auf diesem Misthaufen suchen. Nun habe ich dich, Edelstein, gefunden. Aber ich will dich nicht von hier fortschleppen! Fände dich ein reicher Mann, so weiss ich wohl, er würde dich mit Gold ehren, und dein Glanz wurde durch die grosse Schönheit des Goldes noch erhöht. Da mir aber der Sinn nicht nach dir steht, wirst du durch mich nicht zu Ehren kommen.»

So wie dem Hahn mit dem Edelstein geht es manchen Leuten, denen sich nicht alles nach Wunsch fügt. Wir haben es bei Männern und Frauen gesehen: sie schätzen weder Gut noch Ehre, nehmen das Schlechteste und verachten das Beste.

Der Esel und der Löwe

Von einem Esel heisst es, er habe einen stolzen Löwen getroffen und ihn gegrüsst: «Gott schütze dich, Bruder! Gott schütze dich!»

Der Löwe sah, dass der Esel sich so kühn benahm, und er antwortete ihm eilig: «Seit wann sind wir so nah verwandt?»

Der Esel sprach: «Da höre ich aber Verwunderliches! Andere Tiere schätzt du ja gering; du denkst wohl – aber da irrst du dich –, dass keines dir ebenbürtig ist. Komm jetzt mit mir auf jenen Berg, wo die Tiere versammelt sind, und ich werde es dir zeigen, und du wirst es schon sehen, dass sie vor mir ebenso grosse Furcht haben wie vor dir.»

Der Löwe ging mit ihm; beide steigen sie auf

den Berg. Am Fuss des Berges war im Tal eine grosse Versammlung von Tieren. Da begann der Esel zu schreien, und so fürchterlich schrie er iah, dass die Tiere sich vor Angst davonmachten und flohen.

Der Esel sagte: «Siehst du, Freund, was ich dir angekündigt habe?»

Der Löwe erwiderte ihm: «Nicht wegen deiner Stärke, noch deiner wilden Kraft (die besitzt du nicht), sind sie geflüchtet, sondern wegen dem Schrei, den du ausgestossen hast; der dünkte sie so schrecklich, dass sie dich alle für den Teufel halten.»

So ist es mit dem eingebildeten Treulosen, der durch Drohen und Zanken die dummen Leute erschreckt und tatsächlich der Meinung ist, es dürfe ihm keiner die Stirn bieten, sobald man ihn nur schreien hört.

Die Grille und die Ameise

Von einer Grille erzählt die Fabel, dass sie zur Winterszeit zu einem Ameisenhaufen gegangen war. Zufällig geriet sie hinein und bat und bettelte um Nahrung, denn, sagte sie, sie hätte nichts im Hause noch in ihrem Schlupfwinkel.

Die Ameise sagte: «Was hast du denn getan, als du dich hättest versorgen und im August einheimsen müssen?»

«Ich sang», sagte die Grille, «und unterhielt die anderen Tiere; aber jetzt finde ich keinen, der mich entlohnen möchte: deshalb musste ich hierher kommen.»

Die Ameise sprach: «Nun sing du für mich! Meiner Treu, es wäre besser gewesen, wenn du dich versorgt und im Monat August Vorrat gesammelt hättest, als nun an meiner Tür zu stehen und, sterbend vor Kälte, um Nahrung zu betteln! Warum sollte ich dir zu essen geben, wenn du nichts für mich tun kannst?»

Also warnt die Geschichte davor, dass einer sorglos und in Müssiggang dahinlebe. Jeder muss, seiner Fähigkeit entsprechend, sich abmühen, seine Habe zusammenzubringen; der ist angesehener, der etwas zum Nehmen hat und sich nicht auf andere zu verlassen braucht.

Ulrich Boner

Von einer tannen und von dornen

Von der welte übermuote

Ein tanne kam in übermuot
eis mâls, als noch vil manger tuot,
des man dik muoz engelten:
die dorne geriet si schelten,
die dâ stuonden under ir.
ûf grôze hôchvart stuont ir gir.
si sprach: «ich bin lang unde breit,
und bin mit esten wol bekleit;
in den luft mîn told ûf gât;
grüen ist mîner esten wât.
mich lobent vrouwen unde man;
ân allez lop sicht man dich stân.
sicher, du bist ze niute guot
wan an ein viur. er ist nicht behuot,
wer dich anrüert: er wirt verwunt,
dîn strelen ist gar ungesunt.
dich hazzent man und ouch diu wîp;
du sêrest manges menschen lîp.»
und dô diu tanne alsus gesprach
zem dorne, schiere daz beschach:
ein man gegangen kam zehant;
ein aks die truog er in der hant,
vil schier sluog er die tannen abe.
der dorn gestuont in guoter habe.
zuo der tannen sprach der dorn:

«wie lîst du nu! wie hâst verlorn
dîn leben und dîn wirdekeit!
sô stân ich noch ân allez leit.
dîn schoeni dir geschadet hât,
dîm ruome ist gesprochen mat.
dâ von du wândest sîn genesen,
sich, daz ist dîn tôt gewesen.»
sus verlôr diu tanne gar
ir schoeni und ir grünez har.

Nieman ze vil sich rüemen sol
sîs lîbes: er ist gebresten vol,
und lât den menschen an der nôt;
so er leben sol, sô ist er tôt.
die wîl er als die tanne stât
und lebt, vil hôhez lop er hât;
wenn er gevelt, sô velt ouch nider
gewalt und êre, und kunt nicht wider.
wer sol sich vröuwen in der zît,
dâ nicht wan kumer an gelît!
daz dâ hin ist, daz stiftet leit;
unstaet ist gegenwürtekeit.
wel zît noch künftig komen sol,
daz zît erkennet nieman wol.
dâ von sô lâz der vröiden schîn,
sît nieman hiut mag sicher sîn,
üb er morn in vröiden lebe
oder in dem tode strebe.
der dorn gestuont, diu tanne viel nider,
noch kraft noch schoeni was dâ wider.
er sî stark, edel oder rîch,
dem tôde ist alrmenlîch gelîch.

Von dem magen, den henden und vüezen

Von nide und von hazze

Eis mâls huop sich ein grôziu klage
under vriunden, als ich iu sage.
die vüeze klagten kumer grôz,
die hende erbeitens verdrôz,
si klagten alle ûf den bûch,
und sprâchen, er waer ein rechter slûch,
und waer ein müezigaere;
doch würd er selten laere,
er wölt sîn alweg spîse vol,
und müezig sîn, daz taet im wol;
waz die vüez möchtin erloufen,
und die hende gekoufen
(ez waere denn krumb oder slecht),
daz kaem im allez sament recht.
si sprâchen zim: «ez mag nicht sîn!
du muost ouch mit uns lîden pîn,
unde muost ouch erbeit hân
als wir, wiltu mit uns gestân.»
waz sol ich iu sagen mê?
dem bûch was angest unde wê;
si wolten im nicht spîse geben,
daz er behalten möcht daz leben,
noch hende noch die vüeze.
daz was im gar unsüeze.
wie vil er doch mit vlîze bat,
daz er von spîse würde sat,
des êret in noch vuoz noch hant.
des wart der mage siech zehant,
er verlor sîn hitz und sîn natûr.
daz wart den henden gar ze sûr
und ouch den vüezen (daz was wol!).

der lîp wart siechtages vol,
von krankheit beslôz sich der munt,
die hende brâchen hin zestunt,
die vüeze mochten nicht mê gân.
enkeine spîs mocht er enphân;
sus wurden hende und vüeze tôt
mit schulden von des magen nôt.
haetin si im spîse geben,
si haetin wol behebt ir leben.

Ein vriunt bedarf sîs vriundes wol;
sin vriunt neiman hazzen sol.
nît tuot niemanne herzeleit,
denn dem selben, der in treit.
wer nicht dem andern wil vertragen
dur sînen nutz, wem wil der klagen,
üb er dar umbe kunt in nôt,
und lît mit sînen vriunden tôt,
als hie den henden ist beschehen!
daz ist vil wol! des muoz ich jehen.

Von einem wolfe und einem schâfe

Von unrechtem gewalte

Ein wolf von durste dar zuo kam
daz er den weg zem wazzer nam,
daz selbe ouch ein schâf beschach:
si giengen beide in einen bach.
der wolf verr ob dem schâfe trank;
zuozim sprach er: «nu hab undank!
daz du mich trinken nicht enlâst,
dar zuo den bach getrüebet hâst,
daz mag dir vil wol schade wesen!»

daz schâf sprach: «wolf, lâ mich genesen!
ich hab dir schaden nicht getân.
ez ist wâr, ân allen wân,
daz der bach vliuzt har zuo mir
und vliuzt nicht wider ûf zuo dir;
dâ von hâstu das wazzer mir
betrüebet zwar, und ich nicht dir.»
der wolf daz schâf zornlîch an sach;
vil herteklîch er zuozim sprach:
«sag an, waz sol dirr widerkîp,
daz du mir dröuwest an den lîp?
sol ichz von dir nicht bezzer hân?
dîn vatter hât mirz ouch getân;
vor siben jâren daz beschach,
dô ich dich bî dîm vatter sach.»
dô sprach daz einvalt schaefelîn:
«hêr wolf, dîn wort gevaere sîn,
du hâst mîn jâr unrecht gezalt,
ich bin nicht siben mânôt alt.
dar zuo sprichst du, ich dröuwe dir:
daz ist nicht wâr, du dröuwest mir.»
der wolf sprach in der selben stunt:
«sag an, wie getarstu dînen munt
ûf tuon und reden wider mich
mit glîcher hôchvart? daz wil ich
an dir nu rechen; daz ist zît!»
er tôt daz schâf ân allez bît.

Dis bîschaft hoeret wol die an,
die mit hôchvart manigen man
verderben durch ir übermuot.
wenn der schuldig schaden tuot
dem, der gar unschuldig ist,
daz reche got! – den argen list

noch vil maniger hêrre hât
ze dorf, ze burg, und ouch ze stat.
der âne recht lîp unde guot
verderbt, durch sînen swachen muot,
der armen, die unschuldig sint,
daz weisen werdent iriu kint,
der muoz verwâzen iemer sîn,
daz gotes wunder werden schîn.

Von einem löwen und von einer geize

Von schedelîchem râte

Ir weide suocht von hungers nôt
ein geiz, als ir natûr gebôt.
si gieng vil hôch in einer vluo,
da ir kein tier mocht komen zuo.
die geiz ein grimmer löwe ersach,
vil senfteklîch er zuozir sprach:
«mich wundert, daz du wilt dîn leben
umb sô kranke spîse geben.
dîn wege die sint vreifen vol.
sô verr sich nieman wâgen sol
um sîne spîse; ez ist nicht guot.
mislunge dem, der alsô tuot,
wen spraeche: im ist beschehen recht.
hie niden sint die wege slecht;
hie stânt die bluomen und der klê;
loup und gras und dennoch mê
stât hie, vil manig weide.
kêr ab har ûf die heide;
dâ vindest guote weide, baz
denn ûf der vluo; geloub mir daz.»
diu geiz zem löwen wider sprach,

dô si sîn âkust an sach:
«ich weiz wol, daz du sagest recht.
dîn werk sint krumb; dîn wort sint slecht.
dîn herz ist boes, dîn rât ist guot.
möcht ich als wol dâ sîn behuot.
als hie, ich kêrte bald hin abe,
möcht ich dâ hân ein sicher habe.
wan ich des nicht mag sicher sîn,
sô volg ich nicht dem râte dîn.»

Ein wîser man an sehen sol,
wer im rât übel oder wol.
wer wol rât und übel tuot,
des menschen rât ist selten guot.
du solt den schouwen harte wol,
der um dîn leben râten sol.
der mag ein râtgeb wesen guot,
der râtet daz er selber tuot.
du solt des râtes end an sehen,
waz von dem râte müg beschehen.
dur niut sô volge dem râtgeben,
der dir râtet an dîn leben:
waer ab der vluo diu geiz dô komen,
ir leben haet ir der löw genomen.

Von einem hanen und einem edelen steine

Von unerkanntnisse

Von geschicht ez alsô kan
eines tages, daz ein han
vloug ûf sînes meisters mist.
daz selb dik mê beschehen ist:
er suochte sîne spîse,

sam tuot ouch noch der wîse.
er vant, daz in niht vil beschôz,
einen stein edl unde grôz
ligen unwirdiglîche.
er sprach: «got, hêrre riche!
wie hân ich mînen vunt verlorn!
mich nuzte baz ein gerstenkorn,
denn du. du bist niut nütze mir.
waz nützest mich? waz sol ich dir?
wizzest, daz mich nicht vürtreit
dîn schoeni noch dîn edelkeit.
haete dich meister Ypokras,
der könde dîn geniezen baz,
dann ich; du bist mir unerkant.»
der han warf hin den stein zehant,
wand er was im gar unwert;
ein haberkorn haet er begert
vil mê.

Dis bîschaft si geseit
dem tôren, der sîn kolben treit,
der im ist lieber denn ein rîch.
dem tôren sint al die gelîch,
die wîsheit, kunst, êr unde guot
versmâhent durch ir tumben muot;
die nützet nicht der edel stein.
eim hunde lieber ist ein bein,
denn ein pfunt, daz gloube mir.
alsô stât ouch der tôren gir,
ir sitte und ir gebêrde
uf üppekeit der erde.
si erkennent nicht des steines kraft,
noch minr, waz in der bîschaft
verborgen guoter sinnen ist,

dar zuo vil manger hôher list:
die den narren vrömde sint.
gesehende sint die narren blint.
der tôre der sol vür sich gân
und sol die bîschaft lâzen stân:
im mag der vrüchte werden nicht,
recht als dem hanen im beschicht.

Heinrich Steinhöwel

Von dem Wolf und dem Lamm

Äsopus erzählt über die Unschuldigen und über die arglistigen Betrüger die folgende Fabel.

Ein Wolf und ein Lamm, beide durstig, kamen an einen Bach, um dort zu trinken. Der Wolf trank oben am Bach und das Lamm fern unten. Als der Wolf das Lamm erblickte, sprach er zu ihm: «Warum trübst du mir das Wasser, wenn ich trinke?» Das geduldige Lämmlein sprach: «Wie kann ich dir das Wasser trüben, das von dir zu mir fliesst?» Ohne über diese Wahrheit des Lammes zu erröten, sagte der Wolf: «He, he, du verfluchst mich.» Da antwortete das Lamm: «Ich verfluche dich nicht.» – «Allerdings», sprach der Wolf, «und vor sechs Monaten hat das dein Vater auch getan.» Da sagte das Lamm: «Zu dieser Zeit war ich doch überhaupt noch nicht geboren.» Da sagte der Wolf: «Du hast mir auch durch dein Nagen meinen Acker vollständig verwüstet und ihn zerstört.» Da sagte das Lamm: «Wie soll das möglich sein, da ich doch noch gar keine Zähne habe.» Da wurde der Wolf wütend und sprach: «Wenn ich auch deine Argumente und Ausreden nicht alle widerlegen kann, so will ich doch eine reichliche Mahlzeit an dir haben.»

Er fing das unschuldige Lämmlein, tötete es und frass es auf.

Mit dieser Fabel will Äsop zeigen, dass bei boshaften und treulosen Anklägern Vernunft und Wahrheit keinen Platz finden kann. Solche Wölfe findet man überall.

Von der Maus, dem Frosch und dem Weih

Wer die Absicht hat, dem anderen Leid und Widerwärtigkeit zuzufügen, der wird dem Unheil schwerlich entrinnen. Darüber höre eine Fabel.

Es wollte einmal eine Maus gern über ein Wasser und begehrte Rat und Hilfe von einem Frosch. Der Frosch nahm eine Schnur und band den Fuss der Maus an seinen Fuss und begann über das Wasser zu schwimmen. Als er aber in die Mitte des Wassers kam, tauchte der Frosch und zog die Maus mit hinunter und wollte sie ertränken. Als das die arme Maus merkte, leistete sie dem Frosch mit allen Kräften Widerstand. In dem Augenblick kommt ein Weih vorbeigeflogen und ergreift die Maus mit seinen Klauen und den an ihr hängenden Frosch und frisst sie beide.

So geht es auch denen, die andere Menschen betrügen wollen, ihnen Hilfe versprechen und beabsichtigen, sie zu schädigen. Sie ereilt das gleiche Schicksal.

Diese Fabel findest du auch in einer ausführlicheren Form am Ende der Lebensgeschichte Äsops.

Von dem Frosch und dem Ochsen

Wenn sich die Schwachen in ihrem Übermut so überheben, dass sie sich einbilden, den Mächtigen gleich zu sein, so stürzen und zerbrechen sie durch ihren Hochmut. Das zeigt diese Fabel.

Ein Frosch sah einen Ochsen auf einer Weide und dachte bei sich: «Wenn du deine gerunzelte Haut aufbläst, könntest du auch so gross werden wie dieser Ochse.» Er begann sich aufzublasen, so sehr er konnte, und fragte seine Jungen und sagte zu ihnen: «Was meint ihr, bin

ich so gross wie der Ochse?» Sie antworteten: «Nein.» Er blies sich noch mehr auf und fragte sie: «Wie ist es jetzt?» Sie antworteten: «Kein Vergleich.» Da blies er sich zum drittenmal auf, platzte und starb.

So ist das allgemein bekannte Sprichwort entstanden: Du solltest dich nicht zu sehr aufblasen, damit du nicht platzest. Damit ist gemeint: Du sollst nicht überheblich und übermütig sein, sonst wirst du zugrunde gehn.

Vom Esel in der Löwenhaut

Jeder Mensch soll sich mit seinem eigenen Ruhm begnügen und sich nicht fremdes Gut aneignen, damit er nicht verspottet wird, wenn man ihm das auszieht, was er sich im Übermut zu Unrecht genommen hat. Davon handelt diese Fabel.

Ein Esel fand eine Löwenhaut und bekleidete sich damit und bedeckte seine Glieder, so gut er konnte. Als er aber seinen unförmigen Kopf mit den zu grossen Ohren eingezogen hatte, erschien er unheimlich und furchterregend, zertrat den Schafen und Lämmern ihre Speise und erschreckte in den Wäldern die ängstlichen Tiere, Hasen, Hirschkälber, Hirsche und andere. Der Bauer fand seinen verlorenen Esel in stolzer Haut mit trägen Gliedern und ergriff ihn bei seinen Ohren, die er nicht verdecken konnte. Er band ihn fest und schlug ihn sehr, zog ihm die Löwenhaut aus und sprach zu dem elenden Tier: «Du kannst diejenigen, die dich nicht kennen, leicht in Furcht versetzen, aber wer dich kennt, hat keine Angst vor dir. Daher bleibe ein Esel, wie du es bisher gewesen bist, und ziehe dein väterliches Kleid an, und begehre nicht fremdes Gut, damit du nicht geschmäht wirst, wenn man es dir wieder auszieht.»

Vom Raben mit dem Käse und vom Fuchs

Diejenigen, die den Reden der Schmeichler und Schwätzer glauben, werden betrogen und bereuen ihr Verhalten, wie diese Fabel zeigt.

Ein Rabe nahm einen Käse aus einem Fenster und trug ihn auf einen hohen Baum. Da das ein Fuchs sah, wurde er begierig auf den Käse und sprach zum Raben, um ihm mit lobenden Worten zu schmeicheln: «O Rabe, wer ist dir gleich! Kein Vogel hat einen solchen Glanz der Federn, wie du ihn hast. Man könnte keinen zierlicheren Vogel finden, wenn du eine Stimme hättest, die deiner Schönheit gleicht; aber deine Stimme ist zu derb.» Der Rabe freute sich über diese eitle Schmeichelei. Er wollte in einem möglichst günstigen Licht erscheinen und seine Stimme laut ertönen lassen. Er streckte sich und schrie kräftig. Als er aber den Schnabel öffnete, fiel der Käse heraus. Den schnappte der arglistige Fuchs schnell und frass ihn auf. Da bereute der Rabe und merkte, dass alle freundlichen Worte aus List und Betrug gesprochen worden waren.

Deshalb warnt diese Fabel nachdrücklich vor den Schmeichlern und Schwätzern.

Von dem Hund und dem Stück Fleisch

Wer zu gierig auf fremden Besitz ist, verliert dadurch oft seinen eigenen. Über diesen Menschen spricht Äsop folgendermassen.

Ein Hund trug ein Stück Fleisch im Maul und lief durch ein fliessendes Wasser. Beim Laufen sieht er, wie sich das Fleisch im Wasser spiegelt, und glaubt, er sähe ein anderes Stück Fleisch im Wasser und wurde begierig, dasselbe auch zu bekommen, und sobald er das Maul aufmachte, um es zu schnappen, entfiel ihm das Stück, das er trug, und das Wasser führte es weg. Da stand er nun und hatte das Sichere mit dem Unsicheren verloren.

Deshalb: Der Gierige, der zu viel will, bekommt oft zu wenig.

Martin Luther

Wolf und Lämmlein

Ein Wolf und Lämmlein trafen sich zufällig an einem Bach, um zu trinken. Der Wolf trank oben am Bach, das Lämmlein aber weit entfernt unten. Als der Wolf das Lämmlein sah, lief er zu ihm und sprach: «Warum trübst du mir das Wasser, dass ich nicht trinken kann?» Das Lämmlein antwortete: «Wie kann ich dir das Wasser trüben? Du trinkst doch oberhalb und könntest es mir eher trüben.» Da sprach der Wolf: «Wie, beleidigst du mich auch noch?» Das Lämmlein antwortete: «Ich beleidige dich nicht.» Daraufhin sagte der Wolf: «Dein Vater hat das vor sechs Monaten ebenfalls getan, und du willst dich als Vater zeigen.» Das Lämmlein antwortete: «Damals war ich noch nicht geboren. Warum soll ich für meinen Vater büssen?» Da sprach der Wolf: «Du hast mir aber meine Wiesen und Äcker abgenagt und verdorben.» Das Lämmlein antwortete ihm: «Wie kann das möglich sein, da ich doch noch keine Zähne habe?» – «Nun gut», sagte der Wolf, «auch wenn du gut begründen und reden kannst, werde ich doch heute nicht ohne Fressen bleiben.» Und er würgte das unschuldige Lämmlein und frass es auf.

Lehre: So ist der Lauf der Welt. Wer fromm

sein will, muss leiden, wenn einer Streit sucht. Denn Gewalt steht über dem Recht. Wenn man dem Hund übel will, hat er das Leder gefressen. Wenn der Wolf es so will, ist das Lamm im Unrecht.

Frosch und Maus

Eine Maus wollte über ein Wasser und konnte nicht und bat einen Frosch um Rat und Hilfe. Der Frosch war hinterlistig und sagte zu der Maus: «Binde deinen Fuss an meinen Fuss. Dann will ich schwimmen und dich hinüberziehen.» Als sie aber in das Wasser kamen, tauchte der Frosch unter und wollte die Maus ertränken. Während sich die Maus wehrt und abmüht, fliegt ein Weih vorbei, schnappt die Maus und zieht den Frosch mit und frisst sie beide.

Lehre: Überleg dir, mit wem du dich einlässt. Die Welt ist voller Falschheit und Untreue. Denn wenn ein Freund den anderen übervorteilen kann, tut er es. Aber mit Treulosigkeit schadet man sich selbst, so wie es dem Frosch geschehen ist.

Hund und Schaf

Ein Hund verklagte ein Schaf vor Gericht wegen eines Brotes, das er ihm geliehen habe. Da aber das Schaf bestritt, berief er sich auf Zeugen, die man hören musste. Erster Zeuge war der Wolf. Er sagte: «Ich weiss, dass der Hund dem Schaf Brot geliehen hat.» Der Weih

sprach: «Ich bin dabei gewesen.» Der Geier sagte zu dem Schaf: «Wie kannst du so unverschämt leugnen.» Auf diese Weise verlor das Schaf den Prozess und musste zu einer ungünstigen Zeit auf seine Wolle zurückgreifen, um das Brot zu bezahlen, das es nicht schuldig geblieben war.

Lehre: Hüte dich vor bösen Nachbarn, oder übe dich in Geduld, wenn du unter den Menschen lebst. Denn niemand gönnt dem anderen etwas Gutes. Das ist der Lauf der Welt.

Rabe und Fuchs

Ein Rabe hatte einen Käse gestohlen und setzte sich auf einen hohen Baum und wollte ihn verzehren. Da er aber, so wie es seine Art ist, nicht einmal schweigen kann, wenn er frisst, hörte ein Fuchs, wie er wegen des Käses fröhlich war. Er lief herbei und sprach: «O Rabe, mein ganzes Leben lang habe ich noch keinen Vogel gesehen, der in Federn und Gestalt schöner ist, als du es bist. Falls du auch eine ebenso schöne Stimme zum Singen hast, müsste man dich zum König aller Vögel krönen.» Den Raben schmeichelte dieses Lob, und er wollte seinen schönen Gesang hören lassen. Als er den Schnabel öffnete, fiel der Käse herunter. Den packte der Fuchs schnell, frass ihn auf und lachte über den törichten Raben.

Sei vorsichtig, wenn ein Fuchs einen Raben lobt. Hüte dich vor den Schmeichlern, die dich ausrauben und dann verschwinden.

Kranich und Wolf

Einem Wolf, der ein Schaf gierig auffrass, blieb ein Bein quer im Hals stecken. Das bereitete ihm grosse Angst und Sorge. Er versprach grosse Geschenke und Belohnungen dem, der ihm helfen könne. Da kam der Kranich und stiess seinen langen Hals dem Wolf in den Rachen und zog das Bein heraus. Als er aber den versprochenen Lohn forderte, sagte der Wolf: «Erwartest du noch einen Lohn? Danke Gott, dass ich dir den Hals nicht abgebissen habe. Du solltest mich beschenken, weil du lebendig aus meinem Rachen herausgekommen bist.»

Diese Fabel zeigt: Wer den Menschen Gutes tut, muss damit rechnen, dass er Undank erntet. In dieser Welt gibt es keinen anderen Lohn als Undankbarkeit. So wie es sprichwörtlich heisst: Wen du vom Galgen befreist, der bringt dich selber daran.

Stadtmaus und Feldmaus

Eine Stadtmaus ging spazieren und kam zu einer Feldmaus; die versorgte sie mit Eicheln, Gerste, Nüssen und was sie sonst hatte. Aber die Stadtmaus sagte: «Du bist eine arme Maus. Warum willst du hier in Armut leben? Komm mit mir. Ich will für dich und mich genügend von den besten Speisen besorgen.» Die Feldmaus ging mit ihr in ein prächtiges Haus, in dem die Stadtmaus lebte. Sie gingen in die Kammer, die voll von Fleisch, Speck, Wurst,

Brot, Käse und allem anderen war. Da sagte die Stadtmaus: «Nun friss und sei vergnügt. Speisen dieser Art habe ich täglich mehr als genug.» In diesem Augenblick kommt der Kellermeister und lärmt mit den Schlüsseln an der Tür. Die Mäuse erschraken und liefen weg. Die Stadtmaus fand schnell ihr Loch. Aber die Feldmaus wusste nicht wohin. Sie lief an der Wand hinauf und hinunter und hatte ihr Leben aufgegeben. Als der Kellermeister wieder hinausgegangen war, sagte die Stadtmaus: «Nun gibt es keinen Grund zur Sorge mehr. Wir wollen vergnügt sein.» Die Feldmaus antwortete: «Du hast gut reden. Du hast dein Loch schnell gefunden, während ich vor Angst fast gestorben bin. Ich will dir meine Meinung sagen. Bleibe du eine reiche Stadtmaus und friss Würste und Speck. Ich will ein armes Feldmäuslein bleiben und meine Eicheln fressen. Du bist keinen Augenblick sicher vor dem Kellermeister, vor den Katzen und den vielen Mausefallen, und das ganze Haus ist dir feindlich gesinnt. Alle diese Sorgen habe ich nicht und bin in meinem Mauseloch auf dem Felde sicher.»

Im grossen Wasser fängt man grosse Fische.
Aber in dem kleinen Wasser fängt man gute
Fische.
Wer reich ist, hat viel Sorge und Gefahr.

Burkard Waldis

Vom Hanen und Perlen

Gott durch sein güt und weisheit fron
Hat alle ding erschaffen schon
Und als, was lebt, reichlich versorgt,
Dass hungers halb niemand erworgt,
Gibt jedem fleisch zur notturft gnug,
Mit dem beding und solchem fug,
Dass alles, was da hat das leben,
Sol arbeiten und darnach streben,
Nach seiner art die kost erwerben:
So wird es nimmer hungers sterben,
Und wird in Gott nicht darben lassen.
Ein haushan tet auch solcher massen
Und scharret auf eim alten mist,
Wie der hüner gewonheit ist;
Bald on gefer daselbs zu hand
Ein edle perlen er da fand,
Des er sich nicht versehen het,
Auch in nicht fast erfreuen tet.
Er sprach: «Was tust, edles kleinot,
In disem unfletigen kot?
Wenn dich ein reicher kaufman het,
Vil grosser er er dir antet
Und wurd dich halten also hold,
Dass er dich fassen liess in gold.
Du magst aber nicht nutzen mir;
So kan ich auch nicht helfen dir

Und dir erzeigen zimlich er:
Ein hand voll gersten mir lieber wer,
Damit ich möcht den hunger stillen,
Der sich nicht lesst mit perlen füllen.»

Die unverstendigen merk beim han:
Kunst, weisheit zeigt die perlen an.
Ein narr achtet nicht grosser kunst,
Auch ist die straf an im umbsunst.
Das bös den guten ist nicht gut,
Das gut den bösen schaden tut.
Das heiltum ist nicht für die hund,
Perlen seind schweinen ungesund;
Der muscat wird die ku nicht fro,
Ir schmeckt vil bass grob haberstro.
Ein alter sich zum alten findt,
Auch mit einander spieln die kind;
Ein weib get zu den andern frauen,
Ein kranker wil den andern bschauen.
Darumb sichs in der welt jetzt helt:
Zu gleichem gleich sich gern gesellt.

Von der Schlangen und einer Feilen

In einer werkstatt lag ei feile:
Ein schlang ersahs, lief zu mit eile,
Biss drein und gunt daran zu nagen:
Des lacht die feil, sprach: «Lass dir sagen,
Ich wolt dir all dein zäne zerreissen,
Eh du mir soltst ein stück ausbeissen.
Darumb dich wider mich nicht leg:
Stahl, eisen ich zu fressen pfleg.»

Ein jeder seh sich für gar eben,
Tu keinem sterkern widerstreben,
Wer sich eim grössern widersetzt
Und auf in seine zäne wetzt,
Derselb sich gar unnützlich zerrt,
Gegm backofen das maul aufsperrt.

Von Glidern des Menschen und dem Bauch

All glider, die der mensche hat,
Hetten zusamen einen rat
Wider desselben menschen bauch,
Sprachen: «Er ist ein rechter schlauch
Wir müssen in mit arbeit neren,
Erwerben, was er kan verzeren.
Es schmeckt die nase, die zung sich regt,
Die füsse gen, der rücken tregt,
Mit hörn das or im dienen tut,
Das auge wacht mit steter hut,
Es wirkt die hand mit allen treuen,
Der mund muss im die speise keuen.
Ein jedes glid nimt eben war,
Dass nicht dem bauch leid widerfar.
Der faule bauch ligt stetes müssig,
Wird auch der speis oft überdrüssig,
Die wölln wir im nicht lenger geben,
Mag selber schaffen, wil er leben.»
Da sprach der bauch zu den gelidern:
«Wie mögt ir mir so sein zuwidern?
Ist not, dass ir mir speis verschafft,
Wo ir behalten wolt eur kraft.»
Kein glid sich an die rede kert,
Biss sie es die erfarnheit lert.

Von hunger ward der bauch gar schwach,
Da teten auch die glider gmach.
Als den vorderb und schaden sahen,
Eintrechtig zu dem bauche jahen:
«Iss, trink und lass dirs schmecken wol,
Ein jedes wil tun, was es sol.»
Da war der bauch verdorben schon,
All glider mustn mit im vergon.

Wie die glider han ein gemeinschaft,
Und eins zu gut dem andern schafft,
So muss ein mensch den andern neren:
Eins kan des andern nicht entperen.
Kein mensch so mechtig oder reich,
Wer er auch Creso und Midi gleich,
Der in worten oder taten
Seins nechsten hülfe kan geraten.
Darumb auch Gott geboten hat,
Dass wir dem nehsten hilf und rat
Erzeigen sollen und in lieben
Und gegen im all wohltat üben.
Ich halt es vor den höchsten schutz
Auf erd und vor den grösten nutz,
Dass einer grosse freundschaft hat,
Die bei in treten in der not.
Gut ists, der sich zu gutem gsellt
Und gute freund vor augen helt.

Die fabel zeigt uns auch dermassen,
Dass oberkeit und undersassen
Einander sollen sein eingleibt.
Als, was die oberkeit betreibt
Mit kriegen oder rates mute,
Dass es kom der gemein zu gute,

Mit rat und tat sie stetes schützen,
Als zu frommen und irem nutzen.
Da gegen sol auch die gemein
Willig und unverdrossen sein,
Was oberkeit an sie begert,
Dass sie desselben sei gewert,
Es sei am gschoss, steur oder zoll,
Als ungewegert geben sol.
So bstet bürgerlich policei
In irem vorrat auch dabei.
Der gülden friede wird erhalten,
Wo man die einigkeit lesst walten,
Wie uns sanct Paulus auch tut lern
Am dreizehenden zum Römern.

Von der Maus und dem Ochsen

Im stall da war ein kleine maus,
Die kam laufen zum loch heraus
Zum ochsen, der im stall da stund,
Biss im in seinen fuss ein wund
Und lief gar bald wider zu loch.
Der ochs trachtet dem feinde nach,
Schüttelt den kopf und sahe sich umb,
Woher solchs unversehens kum;
Da fand er niemand neben sich,
An dem er rechen mocht den stich.
Des lacht die maus im loch dort hinden
Und sprach: «Du kanst den feind nit finden.
Du bist ein stolz, hoffertig tier,
Wilt neimand leiden neben dir
Und als bestellen gar allein.
Nun bin ich nur ein meuslin klein

Und darf mich dir entgegen setzen
Und dich nach meinem gfallen letzen:
Du must dasselbig von mir leiden,
Und trotz, dass du es könnest meiden.»

Die kleine maus lert uns betrachten,
Dass wir die armen nicht verachten.
Man siht oft von einem geringen,
Dass ein ein grossen tut verdringen.
Ein kleiner stein stürzt oft ein wagen,
Welcher ein fuder wein kan tragen.
Darumb auch niemand seinen feint
Verachten sol, wie klein er scheint.

Von der Sau und einem Stauber

Eine alte sau war ganz unsauber,
Belacht gar hönlich einen stauber,
Darumb dass er seinem herren war
In allen sachen ghorsam gar,
Und sprach: «Dein herr weiss dir zu zwahen,
Mit prügeln lert dich wachteln fahen
Und kürzt dir alle jar die orn:
Ich sahe nie kein grössern torn.
Dennoch so gibstu stets gehör;
Es solt fürwar nicht gelten mir.»
Der hund sprach: «Schweig, du grobe sau,
Gee hindern zaun, die kirschkern kau;
Winkelwürst ist dein best gericht:
Bist vil zu grob, verstest es nicht.
Mit schlägen werd ich glert und wacker.
Wenn wir naus ziehen auf den acker,
Fahn lerchen, wachteln oder sperhn:

Krig zum wengsten ein oder zwen,
Und leb mit meinem herren wol,
Drumb mich solchs nicht gereuen sol.»

In dieser fabeln wird beweist,
Wer sich zum guten zeitlich fleisst
Und lesst sich strafen in der jugent,
Der komt dest er zur hohen tugent.

Vom Poeten und Bauren

Als ein glerter man, ein poet,
In seim garten gebauet het
Ein sommer gmach, da zu vertreiben
Die zeit mit lesen, dichten, schreiben,
Ongfer ein baur kam zu im nein,
Sprach: «Herr, wie sitzt ir so allein?»
Er sprach: «Seit du bist kommen rein,
Heb ich erst an allein zu sein.»

Ein glerter man, wenn er studiert
Und in den büchern conversiert,
So tut er weiter umbher wandern,
Denn wenn er lief von eim zum andern.

Erasmus Alberus

Von eim Wolff und Lamb

Wenn man will gehn ins Hessenlandt,
Von Franckfurt, zu der lincken handt,
Ein gross gebirg reycht biss an Rhein,
Und in das Hessenlandt hinein,
Vom Mayn ligt zwo meil oder drey,
Was etwan da geschehen sey,
Und was ein Wolff da hab gethan,
Will ich jetzt kürtzlich zeigen an.
Es hett der Wolff getruncken gern,
Er wust ein born, vom weg nicht fern,
Vom berg trollt er baldt durch den waldt
Biss an den Buchbaum, der ist alt,
Da steht der born, er tranck sich sat,
Ein Lämblein zu dem bornfluss trat,
Des wirdt der Wolff gar baldt gewahr,
Das Lämblein stund in grosser fahr.
Der Wolff sprach, Hörstus bösewicht,
Was hastu mir da zugericht?
Wie kompts, das sich dein bossheit übt,
Und hast mir hie den born betrübt?
Du hast ein schalck hinder den ohrn,
Drumb hastu mir betrübt den born,
Du hast mirs zu verdriess gethan,
Das ich des borns nich trincken kan.
Das Lamb erschrack für solcher stim,
Und wolt sein unschuldt zeigen jm,

Sprach, Lieber Wolff, was zeihstu mich?
Wo hab ich jhe erzürnet dich?
Du wöllst mirs nicht für ubel han,
Ich hab dir ja kein leidt gethan,
Ich trinck hie von dem born so weit,
Wann du nicht hetst zu mir ein neit,
Der sich von alters inn dir übet,
Ich hett dir nicht den born betrübet,
Und hett ich jhn gleich können dir
Betrüben (solltu glauben mir)
Ich wolts fürwar nicht han gethan,
Drumb kanstu kein sach zu mir han.
Der Wolff wolt doch nicht lassen ab,
Er sprach, Meynstu nicht, das ich hab
Ein sach zu dir? Es hilft dich nicht,
Weystu nicht feyger bösewicht,
Wie wir zwen mit einander stehn?
Du wirst mir nicht also entgehn.
Da sprach das Lamb, Was hab ich than,
Das du kanst ursach zu mir han?
Da sprach der Wolff, Ist das nicht fein,
Das der also gerecht will sein?
Der grosse bösswicht nimpt sich an,
Er hab mir nie kein leydt gethan.
Hastu mich nicht ein mal verklagt
Fürn Schäferhunden, und gesagt,
Ich sey ein mörder und ein dieb?
Drumb mich die Hundt nicht haben lieb,
Und belln mich an, bey tag und nacht,
Dasselb hastu zu wegen bracht,
Du machst auch das die Eltern dein,
Mir alle zeit zu widder sein,
Dein gantz geschlecht das hasset mich,
Drumb werd ich jetzundt straffen dich.

Das Lamb sprach, Hab ich solchs gethan,
So sterb ich jetzt von stunden an.
Da sprach der Wolff, Die sach ist schlecht,
Du kompst mir jetzundt eben recht,
Dieweil mich hüngert, solt du mir
Zutheil werden, dieweil du dir
Das urtheil selbst gesprochen hast,
Ich hab auch lang genug gefast.
Es wolt nicht anders werden drauss,
Das Lamb den Wolf must halten auss,
Und hatts umb jhn noch nie verschuldt,
Das Lamb den todt leidt mit gedult.
Morale.
Es ward auff Erden nie so schlecht,
Gewalt gieng underweiln für recht,
Und hat der Hundt schon nichts gethan,
Muss er doch Ledder fressen han.
Item
Malefacere qui vult, nusquam non causam invenit.
Das ist.
Wann einer ist ein böser Man,
So sucht er ursach, wo er kan,
Damit er seinen willn vollnbring,
Obs recht sey, das acht er gering.

Von den Tauben und dem Habich

Es ist geschehn für langer zeit,
Da hatt der Weih ein grossen neidt,
Ein grossen zorn auff alle Tauben,
Und fuhr im land umbher zu klauben,
Es kundt kein sicher für jhm sein,

Zuletzt die Tauben sahen drein,
Das sie nicht müsten immerdar,
Vorm Weihen stehn inn solcher fahr,
Ein Schirmherrn wolten sie erweln,
Der solt dem Weih wol anderst streln.
Da wurden sie mit ein zu rhat,
Und folgten bald auch mit der that,
Der Habich solt jhr Schirmherr sein,
Sie hattens warlich troffen fein,
Sie wollten bessern jhre sach,
Und uberkommen gut gemach,
Und habens doch verderbet gar,
Und müssen stehn in grösser fahr.
Der Habch nam baldt die Herrschafft an,
Fürwar er war ein schwinder Man,
Er treib mit jhn gross ubermut,
Gleich wie der Storck den Fröschen thut,
Also ficht er die Tauben an,
Nun haben sies jhn selbst gethan.

Morale.

Es will sich mancher wol versehn,
Wie hie den Tauben ist geschehn,
Und führt sich selbst in grosse fahr,
Dann wirdt er allererst gewar,
Wie er so sehr genarret hot,
Und sich gesteckt in grosse not,
So wirdt als dann das Sprichwort war,
Und seine Thorheit offenbar,
Wann einr dem regen will entgehn,
Der muss im wasser fahr bestehn,
Ob er dem regen wol entleufft,
Das er im Wasser doch erseufft.

Von eim Ochssen und einer Mauss

Es beiss ein Mauss des Ochsen fuss,
Der Ochs flucht jhr ein böse druss,
Und eilt der Mauss von stund an noch,
Die Mauss entleufft jhm in ein loch.
Der Ochss war böss, und stund hie auss
Fürm loch, da spottet sein die Mauss,
Und sprach, Ja lieber Ochss, weil du
Bist gross geborn, von einer Ku,
Meynstu darumb, man müss dich achten,
Und du mögst jederman verachten?
Und werstu noch ein grösser Thier,
Und hettst bey dir deins gleichen vier,
Forcht ich mich doch vor ewer keim,
Drumb lieber Ochss zieh wider heim,
Zu deiner Mutter, klag und sag,
Wie dich ein Mauss an diesem tag
Gebissen hab, und weyn mit jhr,
Du wirst fürwar (das sag ich dir)
Machen, das sie des nicht wirdt lachen,
Du wirst sie noch sehr weynen machen.
Verspottet gieng der Ochss zuhauss
Vexiert von einer kleinen Mauss.
Morale.
Verlass dich nicht auff deine macht,
Dadurch der klein feindt werd veracht.
Minorem ne contempseris.
Das ist.
Nicht acht den menschen nach dem schein,
Es darff wol was dahinden sein,
Ein kleyner ward ein mal veracht,
Der den darnach umbs leben bracht,
Man findt auch offt ein kleinen man,

Der darff ein grossen greiffen an.
Der gross erschrecklich Goliath
Den David auch verachtet hatt,
Noch fuhr der kleine David zu,
Schlug jhn zu boden wie ein Kuh,
Ich mein, er liebert jhm ein schlacht,
Noch hatt kein schein des Davids macht.
Das lass dir mensch gesaget sein,
Und richt nicht leichtlich nach dem schein.

Von einem Vatter und seinen Kindern

Es ligt ein stat bey Kautenbach,
Nicht ferrn vom Rhein heist Andernach,
Ein burger in derselben stadt,
Der klügsten einer auss dem Rhat,
Der hatt viel Sön, denselben er
Durch gleichnus gab ein solche ler,
Wann jhr wolt das euch wol soll gehn,
So müst jhr bey einander stehn,
Und keine zwitracht richten an,
Dann wann euch niemand trennen kan,
So werdt jhr euch sehr wol ernern,
Und wirdts euch niemand können wern.
Wann jhr euch aber trennen last,
Und thut einander uberlast,
Als dann so ists umb euch geschehn,
Des solt jhr hie ein beyspiel sehn.

Ein Besen mit einm starcken bandt
Gab er den Kindern in die handt,
Das jhe einr nach dem andern solt
Versuchen, ob er brechen wolt,

Der Besen war jhn viel zu sterck,
Er sprach, Dabey ein jeder merck,
Wann jhr euch fest zusammen halt,
So werdt jhr wol stehn für gewalt.
Da nam der Vatter in die handt,
Den Besen, und lösst auff das bandt,
Und jedem gab ein sonder reiss,
Versucht, sagt er, auff diese weiss,
Ob jhr dem besen seit zu schwach,
Ein jeder seine girt zubrach.
Sih also (sprach er) wirdts euch gehn,
Werdt ihr nicht bey einander stehn,
Und selbst euch undernander hast,
Und ewer bandt zurtrennen last,
Wann jhr den Neidthart ladt zuhauss,
So müst ihr endtlich weichen drauss,
Mein liebe Sön wo dann hinauss?
Drumb ladt den Neidthart nicht zuhauss.

Morale.

Salustius.

Concordia parvae res crescunt, discordia maximae dilabuntur.

Durch eintracht wechst ein kleine hab,
Durch zwitracht nimpt ein gross gut ab.

Hans Sachs

Die ameis mit dem grillen

Wider die fawlen

Esopus uns beschreibt ein fabel,
Zu leer uns fürlegt die parabel,
Wie ein ameiss zu Winters zeyt
Zog aus ir hölen tieff und weyt
Ir koren, das sie in dem summer
Gesamlet het mit sorg und kummer,
Zu trücknen an dem kalten lufft,
Weil es mit feuchte war bedufft.
Zu der kam ein hungriger grill,
Er batt die ameiss hoch und viel,
Im auch von jrer speiss zu geben,
Das er beleiben möcht bei leben.
Die ameiss sprach hinwider schon:
«Was hast im sommer du gethon,
Das du nicht speiss hast eingetragen?»
Der grill ward zu der ameiss sagen:
«Ich war frölich und hab gesungen,
Hin und her durch die zeun gesprungen.»
Die ameiss lacht und sprach: «Du
gauch,
So sing und spring im winter auch!
Die speiss hab ich für mich gesamlet.»
An diesem wort der grill verstamlet,
Zog ab und lied von hunger zwang
Durch auss und auss den winter lang.

Auss dieser fabel solt verstan
Bey der ameiss ein junger man,
Gantz arbeytsam, embsig und echtig,
Fleissig, genaw, klug und fürttrechtig,
Ordnlich, auch mit zimlicher sparung,
Darmit er uberkumbt ein narung,
Auff das, wenn er zu letzt wirt alt,
Schwach, krafftloss, wie der winter kalt,
An sinn und krefften im geet ab,
Das er denn sein ergenzung hab
An seinem vor gewunnen gut,
Von dem er ordnlich zeren thut.
Zum andern versteht bey dem grillen
Ein jungen man voller mutwillen,
Gesellisch, bübisch, faul, hinlessig,
Vernascht, versuffen und gefressig,
Montag, ertag zum sontag feyret,
Und andrem gaugkelspiel nach leyret,
Das im doch tregt kein brot ins hauss,
Wart seyner werkstat gar nit auss.
Wer nicht, wie er, sein gut verprasset,
Wirt von jm verspott und verhasset,
Er sey ein filtz und nagenranfft.
Es thut wol in der jugend sanfft,
Wenn aber kumbt der winter kalter,
Das schwach und unvermüglich alter,
Erst wirdt in nach der sonnen frieren,
So er sein handel ist verlieren,
Hat nicht, wie vor, ein gross gewinnet,
Und das im hie und dort zerrinnet,
Hat kein parschafft noch hindterhut.
Da in wirt reytten die armut,
Und muss am hunger tuch erst nehen
Wie man das uber tag thut sehen.

Derhalb haist der weiss Salomon
Die klein ameysen schawen on,
Wie sie einsammelt in dem schnitt,
Den faulen zu vermanen mit,
Das er inn jugend sparen lehr,
So sein sterck sich inn schwech verker
Das er im alter darvon zer.

Das camelthier mit dem got Joüi

Es ging ein camel thier
In des waldes refier.
Das sach auf einem wasen
Vier starcker ochsen grasen,
Hetten gar schöne horen.
Das camel thier in zoren
Zw dem got Joüi kom,
Sich groser clag anom,
Sprach: «Hörner hastw geben
Dem ochsen in seim leben,
Dem eberschwein lang zen,
Seim feint zw widersten.
Und mich hastw peschaffen
Werlos on alle waffen,
Das ich gleich pin ein schand
Aller Thier in dem land.
Darümb gib mir auch hörner,
Das ich grimer und zörner
Mein feint auch von mir stos,
Weil ich pin starck und gros.»
Jupiter mit schmacheit
Hört die undanckparkeit,

Sprach er; «Dir hab ich geben
Ser lange jar zw leben,
Gros sterck, das dw magst dragen
Gros püerd in deinen dagen.
Darümb dich helt auf erd
Menschlich gschlecht lieb und werd
Und lest dich pey in wonen
Und kawft dich umb vil kronen.

Nembt dein neidischer müet
Das nit zw danck und güet,
So wil ich wider nemen
Das, destw dich müst schemen.»
Und schnit im ab in zoren
Sein schöne lange oren,
Sprach: «Nün sey vürpas stümpfet,
All dein lebenlang kümpfet,
Plaicher und falber farb,
Als der im neid verdarb.
Die straff ich dir anhenck.
Darpey deins undancks denck.»
Esopus das peschreibet.
Daraus die ler uns pleibet:
Wem got allhie hat geben
In dem zeitlichen leben
Er und guet nach seim stand
Aus vetterlicher hand,
Der sol got drümb dancksagen,
Nit stecz mürren noch clagen
Und gancz unwyrslich dewtten,
Wo er pey ander lewten
Sicht gröser er und güet,
Den er pesiczen thüet,
Auf das er durch sein neiden
Nicht entlich auch mües leiden
Durch sein gros mürmüriren,
Das sein auch thw verlieren
Mit nachrew, schant und schaden,
Sünder danck gottes gnaden,
Der im soliche gab
Frey zw geornet hab,
Auf das im daraus wachs
Frid und rw, wünscht Hans Sachs.

Fabel des Wolffs mit dem Lamb

Gewalt der geht gar offt für recht,
Als jr inn diesem beyspiel secht.
Das lamb dem wolff was viel zu schlecht.

Ains mals drank ein wolff und ein Lamb
Auss einem Pechlein bayde samb;
Der Wolff tranck oben auss dem pach,
Das Lamb tranck unden; der wolff sprach:
«Lamb, du betrübst das Wasser mir.»
Das gut Lamb sprach hinwider schir:
«Wie kan ichs Wasser trüben dir?
Fleust es doch von dir her zu mir!»
Der Wolff der sprach an alle scham:
«Wie fluchst du mir, du zornigs Lamb!»
Das Lamb sprach: «Hör! ich fluch dir nicht.»
Der wolff ein ander lüg erdicht:
«Vor sechs Monat nambst mir mein korn.»
Das Lamb sprach: «Ich war noch nit born.»
Der wolff sprach: «Ich will dir mehr sagen.
Du hast mein wiesen abgenagen.»
Das Lamb sprach: «Wie mag das bestan?
Nun hab ich ye gar keinen zan.»
Da wurd der wolff in zorn bewegt,
Da jm das Lamb sein lüg aufdeckt,
Sprach: «Wiewol ich dein Argument
Mit nichte widersprechen könd,
Must du doch lassen hie dein haut.»
Das Lemlein das schrey uber laut:
«Hör, wolff! muss ich umb unschuld sterben?»
Der wolff sprach: «Schreib mirs an die kerben!
Ich sich dein unschuld hie nicht an,
Wann ich muss ye zu fressen han

Und speissen mein hungrigen kragen
Und füllen meinen lären magen,
Es sey mit recht oder unrecht,
Das ist mir alles eben schlecht.
Was ich nur uber mag, ist mein.
Darumb must heint mein Nachtmal sein.»
Und erwürgt das unschuldig Lamp
Und het damit ein vollen schlamp
Und dacht: «Het ich der Lemmer mehr!
Es wer gleich wider recht und ehr,
Darnach ich ye gar wenig frag.
Es geht als lang, als lang es mag.
Wann man die garauss glocken leut,
Dann muss ichs zalen mit der heut,
Das ich geborgt hab lange zeyt.»
Darmit der Wolff von hinnen scheidt.
Also thut noch manch mensch auff erden,
Der zu jm reist, was jm mag werden,
Und denckt jm nur viel zu erwerben,
Ob gleich dardurch viel ander verderben.

La Fontaine

Der Wolf und das Lamm

Das Recht des Stärkern ist das bessre Recht,
wer das nicht weiss, der kennt das Leben schlecht.

Ein Lämmlein steht an Baches Rand,
erfrischt sich an der klaren Flut,
da kommt der Wolf mit wilder Wut
und froh, dass er ein Opfer fand.
«Du trübest mein Getränk, das wird dich
reuen!»
So brüllt der Wolf es an mit wildem Dräuen.
«Auf solcher Keckheit schwerste Strafe
steht!»
«O Herr», beginnt das Lamm, «wenn deine
Majestät,
statt zu glauben, ich wollte sie kränken,
würde lieber gütigst bedenken,
dass ich trinke und bade
am Gestade
zwanzig Schritte unterhalb von ihr,
und somit – wenn deine Gnaden belieben –
deinen Trunk nicht vermöchte zu trüben.»
«Du trübst ihn», wiederholt das grausame Tier.
«Und du hast mich verleumdet im vorigen Jahr!»
«Wie sollt' ich, da ich noch nicht geboren war?
Auch heute nährt meine Mutter mich noch.»
«Warst du's nicht, so war es dein Bruder doch.»

«Ich habe keinen.»
«So war's ein anderer von den Deinen.
Denn ihr, eure Hirten, eure Hunde
seid allesamt gegen mich im Bunde.
Nun räch' ich, was ihr an mir verbrochen!»
Damit springt der Wolf dem Lamm an den Hals
und frisst es auf mit Haut und Knochen,
ohne gerichtliche Untersuchung des Falls.

Die Grille und die Ameise

Lustig eine Grille sang
sommerlang.
Als die kalten Winde wehten,
war sie drum in argen Nöten,
keine Fliege, keinen Wurm
fand sie im Oktobersturm,
und mit ihrem leeren Magen
ging sie zur Ameise klagen.
«Möchtest du so gütig sein
und mir ein paar Körner leihn?
Ich bezahle – keine Angst –,
was du nur dafür verlangst
vor August, nach Grillenbrauch,
Kapital und Zinsen auch.»
Die Ameise ungern leiht,
mag man's tadeln oder loben.
«Was», so fragt sie sehr von oben,
«tatst du in der heissen Zeit?»
«Hab' mit Singen mich ergötzt,
nichts für ungut, allerwegen.»
«Wie? Mit Singen? Meinen Segen!
Schön, so tanze jetzt!»

Der Rabe und der Fuchs

Meister Rabe hockt auf dem Baum,
er hat einen Käse gestohlen,
Meister Fuchs riecht den Käse kaum,
schon naht er auf listigen Sohlen.
«Guten Tag, Herr Rabe, man erkennt Sie nicht
wieder,
wie schmuck Sie sind! Welch ein schönes
Gefieder!
Und wenn Ihre Stimme - ich lüge nicht -
so prächtig ist wie Ihr edles Gesicht,
müssten Sie als König der Tiere walten!»
Da kann sich der Rabe vor Stolz nicht halten,
gleich soll sein Gesang im Walde erschallen,
er öffnet den Schnabel - lässt den Käse fallen.
Der Fuchs packt die Beute. «Mein Herr, Sie
verzeihn,
doch der Schmeichler - prägen Sie sich das ein -
lebt auf Kosten jenes, der auf ihn hört;
die Lektion ist wohl einen Käse wert?»
Zu spät schwört der Rabe, voll Scham und Groll,
dass ihm das nicht wieder passieren soll.

Die Eiche und das Schilfrohr

Die Eiche eines Tags zum Schilfrohr spricht:
«Wohl darfst mit vollem Recht du die Natur
anklagen;
ein Zaunkönig ist schon für dich ein schwer
Gewicht,
kaum darf ein leiser Windhauch wagen,
zu kräuseln dieses Teichs Gesicht,

und schon musst du das Köpfchen senken.
Indessen meine Stirn, ein Kaukasus an Kraft,
der Sonnenstrahlen Glut Trotz bietet ungestraft,
und kein Orkan vermag mich zu kränken.
Was dir als Sturm erscheint, für mich ist's ein Zephir!
Ja, wüchsest du auch nur unter des Blattwerks Gitter,
mit dem ich bedecke die Nachbarschaft,
du littest bestimmt viel weniger hier,
denn ich schütze dich vor dem Gewitter.
Du aber stehst fast jederzeit
am feuchten Rand des Reichs der Winde ungefeit.
Es scheint, dass die Natur dich nicht gerade liebt!»
«Dein Mitleid», das Rohr zur Antwort gibt,
«beweist dein gutes Herz, doch lass die Sorge sein,
die Winde treffen mich weit weniger als dich,
ich beug' mich, breche nicht. Bisher trotztest du allen
den argen Stössen sicherlich
und bist nicht darunter gebrochen.
Doch wart das Ende ab!» Kaum war das Wort gesprochen,
da sieht man, voller Wut, vom Horizont hervor
das schrecklichste der Kinder jagen,
die je der Nordwind hat in seinem Leib getragen.
Der Baum steht fest, es beugt sich das Rohr.
Der Sturm verdoppelt den Grimm sogleich,
bis ihm gelingt zu zerschmettern
die Eiche, deren Haupt benachbart war den Göttern
und deren Fuss getaucht bis in der Toten Reich.

Der Hahn und der Fuchs

Auf einem Baume sass als Schildwach' einst ein Hahn,
ein alter, schlau und sehr durchtrieben.
«Freund», sprach ein Fuchs ihn mit sehr sanfter Stimme an,
«wir wollen uns von heut an lieben.
Den Frieden wollen wir bejahn.
Ich tu' es kund dir: steig herab, ich möcht' dich küssen.
Lass bitte mich nicht warten müssen.
Ich soll heut vierzig Meilen hinter mich noch kriegen.
Du und dein Haus, ihr könnt obliegen
ganz ohne Furcht euren Geschäften.
Wir helfen brüderlich nach Kräften.
Drum zündet Freudenfeuer an.
Indessen komm, um zu empfahn
den brüderlichen Liebeskuss.»
«Freund», gab der Hahn zur Antwort, «niemals ward beschieden
mir ein noch freundlicherer oder bessrer Gruss.
Ich muss
mich freun am Frieden;
und doppelt ist die Freude,
weil sie von dir mir kommt. Ich seh' zwei Hunde rennen,
die sicherlich sich Herold nennen
und die mit Botschaft man betreute!
Sie laufen so, dass sie im Nu bei uns sein müssen.
Ich steig' herab, dann können wir uns alle küssen.»

«Leb wohl», rief da der Fuchs. «Mein Weg ist lang und weit.
Wir freun uns am Erfolg der Angelegenheit
ein ander Mal.» Und alsbald lief der Fant
so schnell er konnte übers Land,
weil ihm die Kriegslist nicht geglückt.
Der alte Hahn war sehr entzückt
und wollte sich vor Lachen biegen.
's ist doppelter Genuss, Betrüger zu betrügen.

Der Wolf und der Storch

Die Wölfe fressen voller Gier,
und einer stopfte seinen Magen
mit solcher Hast, das dumme Tier,
beinahe ging's ihm an den Kragen,
denn tief im Rachen steckt ein grosses Knochenstück.
Schon kann er nicht mehr schrein, da sieht zu seinem Glück
er einen Storch vorbeispazieren.
Ein Wink – Meister Storch kommt gesprungen
und macht sich gleich daran, den Wolf zu operieren.
Weg ist der Knochen! Und da es so gut gelungen,
verlangt er den Lohn.
«Deinen Lohn, mein Sohn?
Das ist ja ein Hohn!
Was! Ist dein Hals so wenig wert?
Er war in meinem Schlund und blieb doch unversehrt.
Ein solcher Undank ist wahrlich verboten!
Geh, komm mir nicht wieder unter die Pfoten!»

Der Esel im Löwenfell

Ein Löwenfell zog der Esel an
und war gar furchtbar zu schauen,
obgleich seine Wildheit nichts als ein Wahn,
verbreitet' er Angst und Grauen.
Doch ach, ein Zipfel von seinem Ohr
lugte verräterisch hervor,
und Martin, der Knecht, nahm den Stock zur
Hand.
Wer aber die Täuschung nicht erkannt,
verwundert gaffend stehen blieb,
als Martin den Löwen zur Mühle trieb.

Viel' Leute machen in Frankreich sich breit,
die dieses Beispiel zur Geltung gebracht,
denn eitler Prunk und leere Pracht
sind drei Viertel ihrer Herrlichkeit.

Die Schildkröte und die beiden Enten

Einst lebte eine Schildkröt', liebend leichten
Tand,
die, ihres Loches müd', die Welt erfahren wollte.
Gern rühmt man übers Mass ein unbekanntes
Land.
Gar oft ein Hinkender schon seiner Wohnstatt
grollte.
Zwei Enten, denen unsre Muhme
den Plan bekanntgab, sagten ihr,
sie wüssten gut, was ihr gereichen würd' zum
Ruhme.
«Seht Ihr den breiten Weg allhier?

Wir tragen durch die Luft Euch nach Amerika.
Viel' Republiken seht Ihr da,
viel' Reiche und viel' Völker, und Ihr profitiert
von den verschiednen Sitten, die Ihr dort kapiert.
Odysseus selbst zog aus!» Niemand hofft' zu
erwarten,
zu hören von Odysseus' Fahrten.
Die Schildkröt' hörte sich den Vorschlag gläubig
an.
Der Handel ward perfekt. Die Vögel bauten klug
ein Luftschiff, das die Kröte trug.
Ein Stock ward quer ihr in das Maul hineingetan.
«Beisst gut darauf und lasst nicht los!» gebot
man ihr.
Dann fasst an jedem End' den Stock der Enten
eine.
Die Schildkröt' fliegt empor. Man staunt rings im
Vereine,
zu sehn das sonst so träge Tier
samt seinem Haus so hoch im Blau,
dort zwischen den zwei Enten, mitten drin,
genau.
«Ein Wunder!» rief man aus. «Kommt, schaut
dort in der Wolke
die Fürstin aus dem Krötenvolke!»
«Die Fürstin? Nun, fürwahr! Ich bin dazu erlesen.
Drum spottet meiner nicht!» Viel klüger wär's
gewesen,
des Wegs zu ziehen, ohne dass ein Wort erklang.
Dieweil sie spricht, lässt sie den Stock
leichtsinnig fahren
und fällt zerschmettert nieder vor die
Gafferscharen.
Ihr Unverstand war schuld an ihrem Untergang.

Unklugheit und Geschwätz und dumme
Eitelkeit,
mit blöder Neugier im Geleit,
sind eng geschart um eine Krippe
und stammen aus derselben Sippe.

Die Kutsche und die Fliege

Wo sich die Strasse steil und steinig aufwärts
zieht,
so kahl und schattenlos, vom Sonnenglast
durchglüht,
rollt der Wagen, daran sechs Pferde geschirrt.
Ob Greise, Frau'n, ob Mönch', sie stiegen aus und
gingen,
denn das Gespann, erschöpft, war kaum vom
Fleck zu bringen.
Da, eine Fliege naht, schon kommt sie
angeschwirrt,
sie glaubt, dass ihr Gesumm die Tiere könnt'
beleben,
sticht eins, die andern auch, das wird die
Stimmung heben,
ganz wie sie es gewollt.
Des Kutschers Nase ist ihr nächstes Jagdgebiet,
und als der Wagen rollt
und sie die Menschen wandern sieht,
meint sie, dass ihr allein der ganze Ruhm
gebührt.
Bald ist sie da, bald dort, man hört sie überall,
ganz wie vor einer Schlacht ein tapfrer General
bei seinen Truppen weilt und sie zum Siege führt.
Die Fliege aber erhebt die Klage,

es habe niemand ihr erleichtert ihre Plage.
«Wer hat denn das Gespann befeuert ausser
mir?
Der Mönch las in seinem Brevier,
zur rechten Stund' fürwahr! Ein Frauenzimmer
sang,
als ob man Lieder braucht' in diesem schlimmen
Drang!
Mein Summen soll sogleich ihr dummes Lied
begleiten!»
So treibt sie hundert Albernheiten,
bis endlich in der Höh' die Kutsche angelangt.
«Nun ist's wohl schicklich, dass man sich bei mir
bedankt»,
die Fliege meint. «Die Müh', wer trug sie, wenn
nicht ich?
Ihr Herren Pferde, sagt, wo wärt ihr ohne mich?»

Gar viele Leute gibt's, die können's nicht
ertragen,
wenn sie nicht geschäftig mit den Sachen
der andern Menschen sich wichtig machen.
Doch diese läst'ge Schar, man sollte sie verjagen!

Der Tod und der Holzsammler

Ein armer Reisigsammler, tief gebeugt des-
gleichen
von seinen schweren Bündeln und der Last der
Jahre,
ging ächzend, müden Schrittes hin mit seiner
Ware
und suchte die verrauchte Hütte zu erreichen.

Als schliesslich er vor Müh' und Schmerz nicht
 weiter kann,
legt er sein Bündel ab und denkt ans Unglück
 dann.
Was machte Freude ihm, seit er auf dieser Welt?
Gibt's einen Ärmern noch, hier unterm Himmels-
 zelt?
Oftmals hat er kein Brot und niemals irgend Ruh'.
Sein Weib, die Kinder, Kriegsdienst, Steuern
 noch dazu,
die Gläubiger und ihr Gehaben,
dies alles macht zum Abbild ihn des Unglücks-
 raben.
Er ruft den Tod, und dieser eilt sogleich herzu
und fragt ihn, was zu machen wär'.
«Hilf mir», sagt der, «dies Holz im Nu
auf meinen Rücken packen. Dir wird dies nicht
 schwer.»

Der Tod lässt uns das Heil erwerben.
Und dennoch wollen wir nicht fort.
Viel lieber leiden hier, als sterben,
dies ist der Menschen Losungswort.

Florian

Der Ochse, das Pferd und der Esel

Ein Ochse, ein Esel, ein Pferd stritten sich um ihre Rangstellung. Ein Esel!, werden Sie meinen, so viel Stolz steht ihm schlecht! Aber wem steht denn Stolz? Wer von uns denkt nicht, denen gleich zu sein, deren Rang, Talent und Geburt sie über uns erheben?

Der Ochse, im sanften und bescheidenen Ton, berief sich auf seine zahlreichen Dienste, auf seine Kraft und seine Folgsamkeit; der Renner auf seinen Wert, seine edlen Ämter; und der Esel auf seine Nützlichkeit. «Nehmen wir doch die Menschen als Schiedsrichter», sagte das Pferd. «Hier kommen drei, stellen wir ihnen unsere Titel dar. Wenn zwei von ihnen einer Meinung sind, ist es entschieden. Unser Ochse soll den drei Männern den Streit vortragen.» So erklärt der Ochse sein Anliegen und bittet um Beurteilung. Einer der gewählten Richter, ein Pferdehändler aus der unteren Normandie, ruft sofort aus: «Die Sache ist klar, das Pferd hat gewonnen.» – «Keineswegs, verehrter Kollege», sagt der gleichfalls zum Richter bestellte Müller, «der Esel soll der Erste sein; eine andere Meinung wäre höchst ungerecht.» – «Aber nicht doch!» sagt der dritte, ein Pächter und reicher Bauer der Gemeinde, «dem Ochsen allein kommt die Ehre zu.» – «Was!» erwidert der Renner, schäumend vor Wut, «hängt ihre Beurteilung denn nur von ihrem schnöden Nutzen ab?» – «Und wovon denn sonst, wenn ich fragen darf?» sagt der Normanne. «Ist das denn nicht die Regel in dieser Welt?»

Die Katze und der Spiegel

Ihr, kühne Philosophen, die ihr euer Leben damit verbringt, das, was man nicht erklären kann, erklären zu wollen, habt die Güte, ich bitte euch, Bemerkenswertes von der allerweisesten Katze anzuhören!

Auf einem Toilettentisch erblickte diese Katze einen Spiegel; sie springt darauf, sieht hin und meint zunächst einen von ihren Artgenossen zu sehen, der auf sie lauert. Unsere Katze will zu ihm, wird daran gehindert. Überrascht betrachtet sie dann den transparenten Spiegel und geht auf die andere Seite, findet nichts, kommt wieder zurück, und siehe da: die Katze ist wieder da. Sie denkt ein wenig nach: sie befürchtet, dass das andere Tier, während sie selber hinter den Spiegel geht, entweicht. So stellt sie sich oben auf den Spiegel, eine Pfote hierhin, die andere dorthin, so dass sie es beiderseits fassen kann. Jetzt meint sie es zu haben und neigt ihren Kopf gegen den Spiegel, erblickt ein Ohr, dann zwei... Sofort, nach rechts, nach links streckt sie ihre Klauen aus. Aber sie verliert das Gleichgewicht, fällt hin und hat nichts gefangen. Ohne länger zu warten, ohne länger danach zu forschen, was sie nicht verstehen kann, lässt sie dann den Spiegel und kehrt zu den Mäusen zurück. «Was kümmert mich, dieses Geheimnis aufzudecken», sagt sie. «Etwas, das unser Geist nach langer Arbeit weder versteht noch fasst, ist uns keine Notwendigkeit.»

Der Hund und die Katze

Ein Hund, der von seinem Herrn verkauft worden war, zerriss seine Kette und lief in das Haus zurück, wo er das Licht der Welt erblickt hatte. Sie können sich denken, wie es ihm zumute war, als er zur Belohnung für seine Treue mit Stock und Hieben zu seiner neuen Bleibe zurückgeführt wurde! Eine alte Katze, ein Kamerad von ihm, sah seine Bestürzung und sagte zu ihm, als er vorbeiging: «Glaubtest du denn, armer Dummkopf, dass man uns unseretwegen liebt?»

Die Affen und der Leopard

In einem Wald spielten Affen das Spiel «Heisse Hand»: ein schwarzes Affenweibchen sass ernst da und hielt auf ihrem Schoss den Kopf eines Artgenossen, der, tief gebeugt, Schläge auf die Hand bekam. Man schlug hart zu, und dann musste er raten, wer es war. Er fand es nicht heraus. So wurde denn gelacht, gesprungen, gehüpft und geschrien. Durch den Lärm aus der Tiefe seiner Höhle herausgelockt, erscheint ein junger Leopard, ein leidlich gutmütiger Prinz. Alle zittern bei seinem Anblick. «Spielt weiter», sagt der Leopard zu ihnen, «ich will niemandem etwas antun; beruhigt euch, ich habe eine gute Seele. Ich komme gerade so vorbei, um an eurem Vergnügen teilzunehmen. Spielen wir, ich mache mit!» - «Ach! Monseigneur, welche Güte! Hoheit möchten Ihre Würde vergessen und zu uns herabsteigen?» - «Ja, es ist mein Wille. Hoheit hat schon immer philosophiert und weiss, dass alle Tiere gleich sind. Spielen wir also, meine Freunde! Spielen wir, ich bitte euch.»

Verzückt glaubten die Affen diesen Worten, wie man es immer glauben wird. Die ganze lustige Truppe beginnt wieder zu spielen, und abermals streckt ein Affe die Hand hin. Der Leopard schlägt zu, und plötzlich sieht man unter der königlichen Klaue Blut fliessen. Diesmal fand der Affe heraus, wer schlug. Ohne den Namen zu sagen, ging er. Seine Kameraden taten so, als würden sie lachen; jedoch der Leopard lachte allein. Bald entschuldigt sich jeder und läuft schnell davon. Sie flüstern sich gegenseitig zu: «Spielen wir mit den Grossen nicht, auch der Sanfteste hat immer noch Klauen an der Pfote!»

Die Katze und die Ratten

Eine Angorakatze, die von ihrer Herrin mit Delikatessen gefüttert wurde, hatte aufgehört, die Ratten zu bekriegen. Und die Ratten, die ihre Güte und Faulheit kannten, gingen und trotteten überallhin und genierten sich nicht.

Eines Tages kamen auf einen abgelegenen, einsamen Boden, auf welchem unsere Katze nach einem Schmause schlief, einige Ratten, um ihre gewöhnliche Mahlzeit an Korn zu sich zu nehmen. Die Angorakatze rührte sich keineswegs. So kommen meine Leichtsinnigen zu der Ansicht, dass sie es sind, die der Katze Angst einflössen.

Der Redner der Truppe spricht voller Verachtung über die Katzen. Man jubelt ihm zu, man rottet sich zusammen und erklärt ihn zum General. Auf einen Scheffel geklettert, der ihm als Tribunal dient, sagt er: «Liebe Freunde, auf! auf!, dass wir uns rächen! Dieses Korn sind wir von nun an leid. Schwören wir, von heute an nur noch Katzen zu fressen: sie sollen vorzüglich schmecken, wir werden im Vollgenuss schwelgen.» Von diesen kriegslustigen Worten mitgerissen, stürzt sich jeder der neugeborenen Krieger auf die Angorakatze. Somit wird die schlafende Katze geweckt. Diese, wie man sich denken kann, wirft bald in gerechtem Zorn General, Tribun und Soldaten in den Staub. Nur zwei Ratten konnten entfliehen. Indem sie hurtig zu ihren Löchern rannten, sagten sie zueinander: «Hüte dich, mit einem Feind – und sei er noch so gutmütig – es auf die Spitze zu treiben: wenn man alles haben will, so verliert man das, was man schon hat.»

John Gay

Der Löwe, der Tiger und der Wanderer

Nehmt, junger Prinz, dies moralische Gedicht an und lernt in diesen Geschichten die Menschen kennen. Mit Tugenden füllt früh Euer Herz, verachtet die glänzenden Künste des Lasters. Prinzen sind, wie schöne Frauen, von Jugend an mit der Stimme der Wahrheit nicht vertraut. Lernt, alles Lob beizeiten zu verachten, denn Schmeichelei zieht Verbrechen gross. Freundschaft weist sich aus durch sanfte Zurechtweisung (eine Tugend, die nie dem Throne nah gefunden wird): An Höfen muss solcher Freimut anstössig sein; keiner kann da beanspruchen, ein Freund zu sein. Für Euresgleichen in Eurer hohen Stellung ist jeder Höfling ein Preisgedicht. Muss ich auch, wie die anderen, schmeicheln? Muss ich meine Lehren in Scherze verwandeln? Die Muse verschmäht, von denen zu entlehnen, die mit widerlicher Schmeichelrede an den Höfen Erfolg haben.

Aber soll ich Euer wirkliches Lob verschweigen, oder soll ich Euch berichten, was ein Volk sagt? Sie spüren in Eurem noch kindlichen Herz die Tugenden Eurer königlichen Abkunft auf, in dem schönen Morgenrot Eures Geistes nehmen sie schon wahr, wie sanft, grosszügig und mild Ihr seid. Sie sehen Euch voll Trauer übers Elend und schon voller Begier, Abhilfe zu schaffen.

Geht so fort, erreicht die Vollendung, lasst die Nation nicht vergeblich hoffen. So nämlich könnten wir die Tugenden eines reiferen Alters richtig voraussagen. Wahrer Mut soll Eure Brust entflammen und künftige grosse Taten den Herrschertitel Euch verdienen. Feiglinge sind grausam, der Tapfere kennt Mitleid und schont gern.

Ein Tiger, der auf Beute ausging, sprang einen Wanderer an auf seinem Weg. Die hingestreckte Beute erspäht ein Löwe und rennt gegen den gefrässigen Tyrannen. Zweifaches Brüllen hallt wider im Wald, ihre Zähne, ihre Krallen tropfen von Blut, bis, überwältigt von des Löwen Stärke, der gestreifte Kämpfer seine Glieder von sich streckt.

Der Mann fleht den mähnentragenden Sieger an und bittet auf den Knien um sein Leben. Der Held schenkt ihm grosszügig das Leben, und während sie zusammen zu seiner Höhle gehen, spricht der Löwe so zu seinem Gast: «Welches Tier könnte sich mit meiner unvergleichlichen Kraft messen? Du hast den Kampf gesehen und musst meine Macht und mein Recht zugeben. Meine unterworfenen Gegner, aus ihrem angestammten Wohnplatz verdrängt, irren hungernd in der Ferne; in diesen Wäldern herrsche ich allein, der grenzenlose Wald ist mein. Bären und Wölfe und alles wilde Getier haben den königlichen Wohnsitz mit ihrem Blut gefärbt. Diese Kadaver auf beiden Seiten, das Gebein, das über das Land hin bleicht, erzählen meine Taten und Siege, erzählen, wie viele von diesen Kinnladen erwürgt wurden.»

«Gewiss», sagt der Mann, «die Macht, die ich sah, mag wohl der rohen Nation Schrecken einjagen. Aber soll ein König, tapfer wie Ihr, solch falsch verstandenen Ruhm suchen? Räuber fallen ins Eigentum ihres Nachbarn ein. Mach dich geliebt, lass Recht deine Macht begrenzen. Nichtswürdig ist es, wenn ehrgeizige Helden mit verwüsteten Ländern und erschlagenem Volk prahlen: Raubritter kommen durch Mord zur Macht, weise Könige regieren mit Liebe und Gnade. Eure Milde hat mir eine Tugend gezeigt, die des Thrones wert ist. Der Himmel gibt Euch Macht über alle andern, damit Ihr wie der Himmel Unglücklichen zu Hilfe kommt.»

«Das leuchtet mir ein», sagt der Monarch, «falscher Ruhm hat meine Jugend verführt; Raubtiere, knechtisches Gefolge, waren die Lobsprecher meiner Herrschaft. Du bringst gute Gründe. Aber sag mir, Freund, hast du je an Höfen gedient? Alle meine schweifwedelnden Gefährten versichern mir, dass die Grossen bei den Menschen ebenso regieren wie ich.»

Der Spaniel und das Chamäleon

Ein Spaniel, aufgezogen mit all der Pflege, die einen erwünschten Stammhalter erwartet, fühlte nie die strenge Hand der Zucht. Verwöhnt, Befehle nicht zu achten, lebte er gehätschelt und bequem seine Tage. Er erfuhr nie, was Lernen heisst; und seine Keckheit, so elegant und witzig, musste das Herz seiner Dame gewinnen. Für jeden kleinen Unfug erhielt er Beifall; wie nett konnte er sich wieder heranwedeln!

Der Wind kam von Süden, der Morgen war schön. Der Spaniel läuft unternehmungslustig in die frische Luft, er streift durch die Wiesen und wälzt sich im weichsten Gras; da erblickt er, kaum auszumachen in dem Grün, neben sich ein Chamäleon: «Teures Ebenbild der Schmeichler, was lebst du hier unter Bauerntölpeln, vergeudete Begabung! Zurück musst du in die Städte, an den Hof, dort machst du sicher dein Glück, deine Talente werden ins helle Licht gerückt, glaub mir, Freund, ich kenne die Welt.»

«Gnädiger Herr», sagt der Sykophant, «ich kannte einst ein feineres Leben so wie Ihr; wie Ihr war ich als Hofmann geboren und erzogen, Könige liehen mir ihr Ohr, mein Flüstern wurde nie überhört, die Damen lobten mein gewandtes Betragen, ich verstand mich auf die Schwachheiten jedes Höflings und schmeichelte jedem modischen Laster. Aber Jupiter, der die Lügner hasst, endete mit einem Mal mein Glück: verurteilt, meine Art doch zu behalten, ward ich verwandelt in dies kriechende Geschöpf. Verdammt zu einem unscheinbaren, armen Leben, irre ich durch die Wälder. Denn Jupiter schaut nur auf das Herz, er bestraft, was die Menschen belohnen. Wie verschieden ist dein Fall von meinem. Du isst doch am selben Tisch mit den Menschen, während ich, verurteilt zu geringster Nahrung, lebe wie die, denen ich einmal schmeichelte: von Luft.»

Der wilde Eber und der Widder

An eine Ulme war ein Schaf gebunden, das Messer des Metzgers war in Blut getaucht. Die geduldige Herde sah in stummer Angst von weitem den schrecklichen Anblick. Ein wilder Eber, der nah bei ihnen stand, verspottete die wollige Herde und sagte voll Hohn: «Allen Feiglingen sollte es so gehen wie euch. Schaut, schaut, euer Mörder steht euch da vor Augen, mit roten Händen und dampfendem Messer zieht er das Fell, noch warm vom Leben, ab: eure Schafböcke, in Stücke gehackt, eure verblutenden Mutterschafe, das Sterbeblöken unschuldiger Lämmer schreien nach Rache. Blödes Geschlecht. Verächtlich ist das Herz, das die Rache nicht fühlt.»

«Ich gebe zu», antwortete ein alter Widder, «aus unseren Augen leuchtet nicht der Schrekken. Aber halte uns nicht für so sanftmütig, dass uns das wiederholte Unrecht nicht erzürnte, glaub nicht, dass wir die böse Tat nicht spüren, weil wir deine Hauer nicht haben zum Töten. Du musst wissen: die Gewalt brauchen, schaffen sich selber die zugemessene Strafe. Denn bei dieser Schlächterei gewinnen sie sich die grossen Plagen, die die Menschheit verheeren: unser Fell spannt sich unter den trommelnden Schlegeln, es weckt ihre schlummernden Söhne zum Kampf. Und ganz befriedigt ist unsere Rache, seit Trommeln und Pergament erfunden sind.»

Der Löwe, der Fuchs und die Gänse

Ein Löwe, müde der Staatsgeschäfte, all der Pracht überdrüssig und erschöpft von der Verwaltung, beschloss, fern von Lärm und Streit den Rest seines Lebens in Ruhe zu verbringen. Das ward verkündet, der Tag ward festgesetzt, und sieh, die Generalversammlung trat zusammen. Der Fuchs wurde zum Vizekönig bestellt, demütig verneigte sich die Menge vor dem neuen Herrscher. Wölfe, Bären und mächtige Tiger beugen sich und wetteifern, wer sich am meisten erniedrigte. Der Fuchs nimmt gleich eine gravitätische Miene an und sammelt seine Weisheit in sein Gesicht; die Menge bewundert seinen Verstand und klugen Sinn. Jedes Wort hat Gewicht und Bedeutung. Der Schmeichler legt all seine Kunst an den Tag. Wer die Macht hat, der hat die Lobredner für sich.

Ein Fuchs trat vor die anderen und redete so die untertänige Menge an: «Wie unermesslich ist sein Talent, geboren zum Herrschen, erzogen in der Schule der Tugend. Wie sanft ist sein Gemüt, wie gerecht sind alle seine Wege. Unter seiner Führung und Leitung wird Raub nicht mehr das Land verheeren. Sein Verstand hat Mittel und Wege allezeit, Besonnenheit und Milde regieren sein Herz. Welch Segen muss über die Nation kommen unter solch guter Regierung!» Das sagte er.

Eine Gans stand in der Entfernung und erörterte die Sache, abseits von der schnatternden Schar, so: «Wenn immer ich einen Gauner Preisreden halten höre, dann höre ich mir heraus, dass ich mich vor seinem werten Freund hüten muss. Was für ein Lob, was für eine glänzende Würdigung. Aber es war ein Fuchs, der die Rede hielt. Füchse freilich mögen diese Regierung preisen, wie milde, segensreich und weise sie ist; dass sie die süsse Zeit geniessen, ist kein Wunder. Für uns Gänse aber ist's eine Tyrannenherrschaft. Was für ein Gemetzel wird jetzt unser Geschlecht heimsuchen, wenn jeder kleine Handlanger hier, seinen guten Geschmack zu beweisen und als Hofmann zu gelten, tagtäglich Gänse fressen wird.»

Der Schäferhund und der Wolf

Ein Wolf, wild vor Hunger und verwegen, zog plündernd in die Gegend und brach in die Schafhürde ein. Tief im Wald lag er in Sicherheit; die nächtlichen Raubzüge schafften ihm Nahrung für den Tag. Vergeblich hatte der Schäfer mit wachsamer Sorge Netze ausgespannt und die Schlinge bewacht. Umsonst verfolgte der Hund die Spur: der schnell fliehende Räuber vereitelte die Jagd.

Als nun einmal Flinkfuss, der Hund, den Wald durchstreifte, stiess er durch Zufall auf das Versteck seines Feindes. «Lass uns für eine Weile unsern Krieg vergessen und wie Freund mit Freund uns unterreden!»

«Waffenstillstand?» antwortet ihm der Wolf. «Ausgemacht.»

Und der Hund eröffnet die Verhandlung so: «Wie kann solch ein starker, furchtloser Geist ein schwaches, wehrloses Geschöpf überfallen? Diese Kinnladen sollten edlere Nahrung erbeuten und das Blut des wilden Ebers, des Löwen trinken. Ein grosses Herz gibt sich grosszügigem Mitleid hin, das feige Tyrannen nicht kennen. Wie arglos ist unsere wollige Herde. Sei gross gesinnt und lass deine Milde sie schonen.»

«Mein Freund», sagt darauf der Wolf, «wägen wir die Sache ab. Die Natur hat uns zu Raubtieren geboren, und so, wenn der Hunger über uns kommt, müssen wir Wölfe essen. Wenn dich die Sorge um das Wohl der Schafe wirklich brennt, dann lauf weg, such deinen Herrn und Meister auf und wiederhole deine rührende Ansprache vor ihm: ein Wolf frisst Schafe hin und wieder, Zehntausende werden von den Menschen verschlungen. Ein offener Feind mag schlimm sein, schlimmer ist ein vorgeblicher Freund.»

Der Schakal, der Leopard und andere Tiere

An einen modernen Politiker

Ich gebe zu: Korruption herrscht in der Welt, Eigennutz verkehrt die Geister, Bestechung hat den Sinn fürs allgemeine Wohl verblendet und hat Vernunft, Wahrheit und offene Rede vertrieben. Ich gebe Euch auch zu: unsere gegenwärtigen Verbrechen können sich mit denen früherer Zeiten vergleichen. Soll ich versuchen, gegen solch offenbare Tatsachen unser Zeitalter zu rechtfertigen? Ich weiss, man setzt heut-

zutage die Bestechung ein nach Kräften und Vermögen. Da dies so offen zutage liegt und den Leuten so sehr die Hand danach juckt, sollte der Politiker, das ist Euer Rat, die Gelegenheiten nutzen, so gut er kann; es beweise ja Talent und Scharfsinn, die Menschen je nach ihrer Art in Versuchung zu führen.

Da muss ich, mit allem Respekt, widersprechen - ich schicke voraus, dass dies nicht als Vorwurf gemeint ist. Ist es etwa Recht oder Klugheit des Klienten, was den Advokaten ihr Plädoyer eingibt? Das Honorar erst bringt den Geist der Beredsamkeit. Oder gibt es für Kunst, Kenntnis, gutes Benehmen die Zärtlichkeit der Hure? Die Guinee - hier wie in anderen Geschäften -, gleichviel aus welcher Hand, überzeugt sie. Der Mensch, sagt die Schrift, sinnt auf Übel; aber entschuldigt das den Teufel? Ausserdem: je mehr die Menschen sinnen, je weniger wird des Teufels Anteil sichtbar. Korruption ist nicht neuen Datums, in jedem Staat hatte sie ihre Zeiten. Die grossen Gauner haben seit alters ihre Macht abgesichert mit Ämtern und Pensionen, mit Bestechungen, die sie austeilten: damit waren sie erfolgreich und konnten wagen, schamlos zu unterdrücken; damit hielten sie sich als Despoten, und Sklaven lobten die Hand, die das Geld gab; damit allein, es brauchte keine Künste und kein Genie, wurden Reiche zerstört.

Jetzt stellt Euch diese Lumpen vor, in Ungnade gefallen, entkleidet ihres Reichtums, ihrer Macht und Stellung. Stellt sie Euch vor, verlassen und verloren, preisgegeben dem gerechten

Hohn und Spott: wo ist jetzt Euer Stolz und Prahlerei, wo sind Eure Sklaven, Eure vielen Schmeichler, wo sind die Schönredner, die Euch mit Beifall fütterten, wo sind die tapferen Kämpfer für Eure Sache? Jetzt drängt sich eben das kriecherische Gefolge, das bei Euren Ernten miterntete, am meisten vor, um als erste anzuklagen Eure Geschäfte in die eigene Tasche, Eure geizigen Pläne, Eure gewinnsüchtigen Intrigen, Euren Vertragsbruch und, um gerecht zu sein, den Mangel an Begabung.

Was waren sie für Narren in der Fülle ihrer Macht, wie wenig dachten sie voraus, dass ihr Glück aufhören könnte! Was sind das für Freunde, die sie sich gewonnen haben: ein Haufen Mietlinge, die für kurze Zeit ihre Partei nehmen. Musste die Nation ihre Schulden vergrössern, um diese Schmeichler zu besolden? Ihr seid dabei betrogen! Denn die dienen euch wie Schweizer: kein Geld mehr, keine Freundschaft mehr!

Der Löwe ist ohne Zweifel der König der Tiere; seine Tapferkeit und seine Grossmut heben ihn deutlich aus seiner Art heraus. Aber zuweilen haben Löwen, so wird berichtet, ihre Macht den Schakalen übertragen, als reichte die Kunst von Kupplern und Spionen aus, das Waldreich zu regieren. Einst unterdrückte solch ein Schakal, der nur nach seinem eigenen Vorteil schaute, stolz den Wald; um seine immer hungrigen Kinnbacken vollzustopfen, brach er ins Eigentum und Recht der andern ein. Die Unzufriedenheit wird laut im Wald;

neue Untaten nähren den allgemeinen Hass. Das Murren, allgemein geworden, muss er hören; die Stunden, da er allein ist, verbringt er in Angst; Nacht für Nacht wälzt er sich in Sorge und durchlebt die Schrecken seines Falls.

«Ich brauche Freunde», sagt er, «meinen Thron zu bewachen. Mit Freunden bringt man böse Zungen zum Stillschweigen. Ich stärke meine Macht mit neuen Anhängern. Dann kann ich alle diese lärmenden Feinde gering achten.»

Um sich die edlen Tiere zu Freunden zu machen, kriecht er und wedelt er und erniedrigt sich. Die aber verachten seinen elenden Hof und verschmähen, seine Tyrannei zu unterstützen. Freunde müssen her, sonst kann er sich nicht halten; Bestechung soll neue Anhänger gewinnen: die aber kommt nicht in ehrliche Pfoten, denn Bestechung ist immer das Zeichen für eine faule Sache. Doch glaubt nicht, jede Pfote könnte widerstehen, wo menschliche Hände zugegriffen hätten.

Die Silberhaut einer verführerischen Rübe lockt ein dreckiges Wildschwein durch dick und dünn. Mit dem köstlichen Hüftstück eines Hirsches gekauft, war treuer Gefolgsmann der Söldner Wolf. Der Fuchs, bekehrt, schloss sich begeistert an, ein Hühnchen gewann ihn für die Partei. Das goldene Granatäpfelchen in der Hand, liess sich ein plappernder Affe anwerben.

Aber der Günstling, öffentlich verhasst, fiel bald, und sein Fall half dem Staat wieder auf. Der Leopard, Verteidiger des Rechts, hatte seine geheimen Betrügereien ans Licht gebracht.

Wie Ratten, bevor das Haus zusammenbricht, die Mauern verlassen, die ihnen eben noch Herberge gaben, so rennen die knechtischen Geschöpfe alle zusammen weg, um rechtzeitig die Partei zu wechseln.

Das Wildschwein redete sich in Eifer, Diebe müsse man hängen, drückte aber seine Hoffnung aus, dass der Staatsschatz, wenn auch zusammengeschmolzen, doch noch eine halbe Rübe verkraften könnte. Da Massnahmen zur Rettung vorgetragen wurden, ersuchte der Wolf um einen Lammskopf. Der Fuchs fragte an, ob ein junges Gänslein angemessen erschiene. Der Affe meinte, seine Grimassen und sein Geplapper verdienten eine Nuss oder etwas in der Art.

«Fort von hier», schreit der Leopard, «euer käufliches Gewissen verachte ich. Wer das Wohl der Allgemeinheit sucht, muss sich nie Freunde kaufen mit Bestechung. Wer diese gerechte und offene Absicht betreibt, wird von jedem aufrichtigen Mann unterstützt. An der Korruption hat sich jetzt zu spät gezeigt, dass Bestechungsgelder immer schlecht angelegt sind. Euer betrügerischer Meister wird durch euch belehrt: mit Geld kann man sich Werkzeuge, die eine Zeitlang dienen, kaufen, aber keine Freunde.»

Leonardo da Vinci

Katze, Wiesel und Maus

Eine Maus wurde in ihrer engen Behausung von einem Wiesel belagert, das auf ihren Tod lauerte, und betrachtete durch eine kleine Spalte die grosse Gefahr. Da kam eine Katze, fing das Wiesel und frass es auf. Die Maus dankte ihrem Gott von ganzem Herzen und brachte Jovi mehrere Haselnüsse als Opfer dar. Dann lief sie aus ihrem Loch, um die verloren geglaubte Freiheit zu geniessen. Diese Freiheit aber und auch das Leben verlor sie sofort durch die grausamen Krallen und Zähne der Katze.

Stahl und Stein

Ein Stein, der von einem Feuerstahl geschlagen wurde, verwunderte sich sehr und sagte zu diesem mit strenger Stimme: «Warum bist du so unverschämt und plagst mich in dieser Weise? Tue mir kein Leid an; denn du hast mich irrtümlich genommen. Ich habe noch nie jemandem missfallen.» Darauf antwortete der Feuerstahl: «Wenn du geduldig bist, wirst du sehen, dass etwas Wunderbares aus dir hervorgeht.» Nach diesen Worten war der Stein friedlich, hielt die Marter geduldig aus und sah, wie aus ihm ein wunderbares Feuer geschlagen wurde, das man in zahllosen Dingen wirken sehen kann.

Das ist zu denen gesagt, die am Anfang ihrer Studien erschrecken. Aber wenn sie beginnen, sich selbst in Zucht zu nehmen, und sich geduldig und mit Ausdauer ihren Studien widmen, gelangen sie zu erstaunlichen Leistungen.

Die Ulme und der Feigenbaum

Ein Feigenbaum, der voller Begierde war, Sonne für seine sauren Feigen zu bekommen, stand in der Nähe einer Ulme und sah ihre Zweige ohne Früchte. Da sagte er vorwurfsvoll zu ihr: «O Ulme, schämst du dich denn nicht, so vor mir zu stehen? Aber warte nur, bis meine Kinder in reifem Alter sind, und du wirst sehen, wo du dich dann befindest.» Als die Kinder herangereift waren, kam eine Schar Soldaten in die Gegend, die den Feigenbaum, um seine Feigen abreissen zu können, entzweigten und zerknickten. Als er so übel zugerichtet dastand, fragte die Ulme: «O Feigenbaum, ist es nicht viel besser, ohne Kinder zu sein, als ihretwegen in einen so elenden Zustand zu geraten!»

Falscher Glanz führt ins Verderben

Die eitle und flatterhafte Lichtmotte war nicht damit zufrieden, bequem in der Luft herumfliegen zu können. Angezogen von der reizvollen Flamme der Kerze, beschloss sie, in diese hineinzufliegen. Ihr froher Flug aber führte schnell zu Traurigkeit. Als sich die Flügel im Lichte der Kerze verzehrten und der Schmetterling elend und ganz verbrannt am Fusse des Leuchters niedergefallen war, sagte er, nachdem er lange geweint und seine Tat bereut, sich die Tränen aus den Augen gewischt und das Gesicht emporgehoben hatte: «O falsches Licht! Wie viele wirst du schon ebenso wie mich in der vergangenen Zeit getäuscht haben! Ach, wenn ich bloss Licht sehen wollte, hätte ich da nicht die Sonne von dem falschen Schein des Talges unterscheiden müssen?»

Auster, Ratte und Katze

Eine Auster, die zusammen mit anderen Fischen im Hause eines Fischers nahe am Meer abgeladen worden war, bat eine Ratte, sie möge sie an das Meer tragen. Die Ratte hatte jedoch die Absicht, sie aufzufressen. Deshalb verlangte sie von der Auster, dass sie sich öffne. Aber als die Ratte zubeissen wollte, klemmte ihr die Auster den Kopf ein und hielt sie fest. In diesem Augenblick kam eine Katze und tötete die Ratte.

Tommaso Crudeli

Der Löwe und der Fuchs

Eines Tages wollte der Löwe
jenes ganze Volk kennenlernen,
über das der Himmel ihn zum Gebieter gemacht hat.
Der Wald war nicht schauderhaft und finster;
es lief eine Urkunde um,
von seiner Majestät Löwe unterzeichnet,
die nicht angekündigt war.
Das Schreiben verkündete,
dass für einen ganzen Monat der König
vollen Hof hält, und man sollte ein schönes
und vortreffliches Festessen geben,
wo ein gewisser sachverständiger Bertuccione
tanzen musste, gekleidet wie ein Harlekin.
Auf solche Weise legte der Herrscher seine Macht
dem untergeordneten Volk dar.
Aber sieh da, jetzt als der Saal voll ist:
Welch ein Saal! O Gott, welch ein Saal!
Es war ein schreckliches Gemetzel,
blutig und abscheulich
in einem solchen Masse, dass der Bär
es in jener düsteren Gruft nicht aushalten konnte;
er hielt sich, wenig klug, die Nase zu.
Das bereute er bald; denn der König,

heftig verärgert, schickte den Herrn Bären zum
Herrn Pluto.
Das Äffchen hiess diese Strenge gut
und pries den Zornesausbruch von Seiner
Majestät;
es lobte die königliche Klaue, und über den Saal
sagte es feurige Dinge, und jenen Geruch,
über jenen des Pottwals erhaben,
lobte es über jede Blume.
Aber diese zu einfältige Schmeichelei
wurde von dem scharfsinnigen Herrscher
klugerweise recht bald bestraft:
Schon ist der unverschämte Schmeichler tot.
Der Fuchs war in der Nähe.
«Nun wohl», sagte zu ihm der König,
«sag mir, was du über ihn meinst. Sprich ehrlich,
du siehst, ich will nicht Schmeichler um mich
haben.»
Der Fuchs: «Seine Majestät wollen mich
entschuldigen,
ich bin sehr erkältet,
und der Geruchssinn ist gänzlich getrübt.
Deshalb kann ich nicht beurteilen,
ob dieser Geruch übel oder angenehm ist.»
Mit einer solchen Antwort war der König
zufriedengestellt.

Ihr, die ihr am Hof lebt, begreift, vernehmt:
Seid nicht allzu offenkundige Schmeichler,
auch nicht allzu aufrichtige Redner.
Und wollt ihr schliesslich glatt
hindurchkommen,
so wird ein Vorwand oder die Verschwiegenheit
ein gutes Rezept für euch sein.

Das Wiesel und der Kater

Gegen Osten war der Himmel zinnoberrot,
und der Tag brach schon an,
als Madame Wieselchen
sich des Palastes eines jungen Kaninchens
sehr erfreut bemächtigte.
So hatte sie ihren neuen Aufenthaltsort
erworben
und alle ihre Hausgötter hingebracht
zu der Zeit, in der das Kaninchen sich
zwischen schönen Tälern und taubenetzten
Wiesen aufhielt,
um den neuen Tag zu begrüssen.
Nachdem das Kaninchen
Hügel und Wiese genau abgesucht hatte
und alles frisch und in schönem Zustand vorfand,
lief es zu seinem Haus.
Das Wieselchen hatte flink und umsichtig
die Schnauze ans Fenster gelegt.
«Gastfreundliche Götter, wen sehe ich dort
drin?»
sagte höchst unzufrieden
das vom heimatlichen Obdach vertriebene Tier;
«heda, Madame», die man
ohne Schlägerei und Aufsehen hinauswirft.
Die schlaue Dame mit der spitzen Schnauze
antwortete auf verbindliche Weise,
dass das Land dem ersten Besetzer gehört.
Ein schönes Thema über den Krieg.
So mag die Lage gewesen sein
zwischen Frankreich und dem Kaiserreich,
wodurch das Blut einer ganzen Welt
vergossen wurde.

Aber weil hier ein jeder privat war
und beides arme Personen,
war die entscheidende Frage,
ob man auf den Krieg verzichtete.
«Ich möchte jetzt wissen»,
sagte die Usurpatorin,
«welches Gesetz, welcher Staat
nicht für immer die Herrschaft
über Gianni, über Pietro, über Paolo erteilt hat,
und zwar grundsätzlich dir
und nicht ab sofort mir.»
Da führte das junge Kaninchen
die Sitte und die Gewohnheit an:
«Sie macht mich zum Eigentümer», erwiderte es,
«vom Vater zum Sohn
und von Luca auf Simone
und schliesslich auf mich vererbt.
Deshalb hat das Gesetz des ersten Besetzers
in unserer Angelegenheit keinen Platz.»
«Nun gut, nun gut,
was hast du davon, wenn du für dich lebst?
Stellen wir es einem Dritten anheim, und dieser
sei
der Doktor Beissundkratz.»
Das war ein Kater von legitimer Sippe,
der ein Leben fristete
wie ein weiser Einsiedler:
ein gütiger Mann unter Katzen und mit
Bewusstsein,
mit schwermütigem und verhülltem Blick,
mit schwarzem Fell, gewandt, starkgliedrig,
Richter mit allen Kräften, in der Tätigkeit
sachverständig.
Gian Kaninchen nahm ihn als Schiedsrichter an.

Sieh da, einen jeden von ihnen findet man
wieder
vor dem Gerichtshof
der Krallentiere.
Beissundkratz sagt: «Euch beriet
der Himmel, o meine Kinder,
da ich bei euch bald Eintracht schaffen werde.
Nähert euch mir, weil ich taub bin:
Die grossen Mühen und die Jahre
pflegen derartige Leiden mit sich zu bringen.»
Der eine stimmte zu, und der andere führte den
Prozess.
Aber man sah sie nicht mehr - wegen des
Streiches,
da die Doktorklaue, auf zwei Schöpfungen
zugleich geworfen,
das Wieselchen und das Kaninchen
abschlachtete.
«So, nachdem ich sie gefressen habe,
wird auf diese Weise der Streit beigelegt.»

Leser, behalte die Fabel in Erinnerung;
damit man sieht, wie die Gerichte tätig sind,
wird die Fabel in die Geschichte eingehen.

Gian Carlo Passeroni

Der Fuchs und die Maske

Eine Schauspielmaske,
geschmückt mit einem anmutigen Antlitz,
ähnlich dem einer Sirene,
sah der Fuchs eines Tages wieder.
Und er ertrug kaum den Blick
und sagte von ihr, die ihn umgab:
«Dieser Kopf ist anmutig und reizend.»
Und er sagte auch, warum es ihm am Herzen
liegt,
es euch zu sagen:
weil ihr keinen Verstand habt.
Jüngling ohne Witz,
dieser Schlag gilt dir:
du bist naturgetreu beschrieben.
Wenn du von einem Menschen glaubst,
dass er anmutig und schön ist,
bist du auch sicher, dass er nicht ohne Verstand
ist?
Meines Erachtens ist es der Verstand,
der den Menschen vom Menschen
und von den wilden Tieren unterscheidet.
Wer mit ihm gründlich fischt,
bewirkt, dass er über die Niederungen
heiter und fröhlich emporsteigt.
Er lässt die Welt liebenswert erscheinen
und nicht das Gesicht von Absalom oder Narziss.

Lorenzo Pignotti

Der Hahn und der Edelstein

Scharrend im Kehricht
eines Hofes
entdeckte ein vorwärtsschreitender Hahn
einen sehr glänzenden Edelstein.
«Du bist sehr schön», sprach er, «meiner Treu;
aber besser für mich wäre,
das sage ich dir ganz offen,
ein Hirsekörnchen.»

Der ist ein Erzdummkopf,
der von den Adelsbüchern
auserlesene und seltene verkaufen würde,
um Geld zu bekommen.

Der Junge und die Wespe

Ein lebhafter kleiner Junge,
der eben erst die Schuhsohle mit festem Fusse
aufstellen konnte,
bewegte sich bereits hopsend in einem Garten,
und zwischen Blumen und Kräutern spielte er.
Eine goldfarbige Wespe,
mit scharfem Stachel auf ihre Weise gewappnet,
schwebte auf den am grünen Aufenthaltsort
umhergehenden Jungen zu und umzingelte ihn.

In glänzender Farbe,
von Gold bis Diamantenglanz,
wodurch das arglistige Insekt funkelte,
erreichte es den kleinen Jungen.

Aurelio de' Giorgi Bertola

Die Kutsche

Höre, welch ein Lärm von eisernen Rädern!
Die Peitsche schlägt ständig durch die Luft.
Was macht's? Es wird missfallen, die Strasse
vorn
schnell lärmend zu durchfahren;
schon tausendmal durch diese Zufahrt gejagt,
Namen der Prinzen, Herzöge und Markgrafen:
wieviel starre Blicke, wieviel Füsse in
Bewegung!...
Dies ist eine Kutsche mit zwölf Plätzen, aber
leer.
Ich sah viele berühmte Menschen,
die ein getreues Abbild einer solchen Kutsche
waren.

Die Nachtigall und der Uhu

Auf einer Säule schlug allein
wegen des Gesanges eine Nachtigall
und erfüllte die Luft düster,
von niemandem gehört;
sie bewegte nicht die Fittiche
in dieser Umgebung.
Eines Tages sagte der Uhu
zum Musiker aus den Wäldern:

«Warum so zwischen der Nacht und
dem Tag singen,
wenn niemand, um dich zu loben,
vorbeigeht und dich hört?»
Jene antwortete ihm nicht;
aber für ihre wohlklingenden
Töne, die Schmelz haben,
gilt dieses Urteil:
Die Fähigkeit hat ihren Lohn in sich selbst.

Luigi Fiacchi

Der Ball und die Armschiene

Der Ball sagte zur Armschiene[1]
mit einem schwachen und betrübten Stimm-
klang:
«Wie unglücklich ich bin!
Mich weisen alle Leute von sich.
Wenn ich auf die eine Seite fliege, vertreibt mich
jedermann,
mit starkem Arm von dir versehen.
Ich wende dann die Vorderseite
zu der anderen Richtung und finde ähnliches
Los.
So bin ich heimgesucht von den Umtrieben,
hinüber und herüber,
und Ruhe kann ich niemals
von der über mich erzürnten Menge erreichen.
Mir fehlt die alte Kraft,
um den Krieg mit jener feindlichen Schar zu
beenden,
die mich allein lässt und verachtet auf Erden.
Du, die du bei den Menschen also den Arm
umfängst,
sag mir, hast du jemals erfahren,
warum so viele mir zürnen?
Weshalb hassen sie mich so sehr?

[1] Anspielung auf eine Art Schlagball-Spiel, zu dem eine Armschiene verwendet wurde.

Ich meinerseits
gab ihnen weder zu Hass noch zu Zorn
Veranlassung.»
Diesen bewegten Wehklagen
entgegnete recht unverblümt
darauf die Armschiene: «Wenn ich,
Freund, meine Ansicht sagen soll:
Weisst du, warum ein jeder dich wegjagt
und mit den kräftigen Armen dir harte Plage
bereitet?
Weil du voll Wind bist.»

Die Meinung der Armschiene
gilt für den Ball nicht.
Aber wenn jemand unter euch ist,
der von eitlem Dünkel den Kopf aufgeblasen hat,
den weisen die wohlgeborenen Personen von
sich;
und auf ihn passt gut,
was dem Ball gesagt ward.

Félix María de Samaniego

Die Zikade und die Ameise

Singend verbrachte die Zikade
den ganzen Sommer,
ohne Vorrat zu sammeln
für den Winter.
Die Frosttage zwangen sie,
zu schweigen
und Schutz zu suchen
in ihrem engen Gemach.
Sie sah sich ohne
die nötige Nahrung:
ohne Fliege, ohne Wurm,
ohne Weizen und ohne Roggen.
Wand an Wand wohnte die Ameise.
Mit tausend Äusserungen
von Achtsamkeit und Ehrerbietung
sagte sie nun: «Frau Ameise,
da Ihr in Eurer Kornkammer
mehr als genug habt
für Euren Unterhalt,
borgt etwas,
damit diese traurige Zikade
in diesem Winter leben kann.
Sie, die froh in anderen Zeiten
nie Mangel kannte
und nie ihn zu fürchten brauchte.
Zögert nicht, mir zu borgen,

denn ich schwöre fest,
Euch mit Zinsen zurückzuzahlen,
bei meiner Ehre.»
Die habsüchtige Ameise
antwortete mit Festigkeit,
während sie den Schlüssel der Korn-
kammer
hinter dem Rücken versteckte:
«Soll ich borgen, was ich verdiente
mit meiner unermesslichen Arbeit?
Sage mir, Faulenzerin,
was hast du getan bei gutem Wetter?»
«Ich», sagte die Zikade,
«jedem Reisenden
sang ich fröhlich vor,
unaufhörlich, ohne einen Augenblick
auszusetzen.»
«Ach so, du hast gesungen,
während ich am Arbeiten war?
Also nun, während ich esse,
tanze du trotz deiner körperlichen Verfassung.»

Der Löwe und die Füchsin

Ein Löwe, einst mächtig,
nun alt und kränklich,
verfolgte vergebens, hungrig und ungestüm,
das Stierkälbchen und das Schaf,
die kletternd über den rauhen Berg
flohen, geschützt vor seiner Grausamkeit.
Vom Hunger gequält, dem Tode nahe,
dachte er sich folgende Erlösung von seinem
Schicksal aus:

Er liess bekanntmachen, dass er sich in seinem Palast
krank befände und sich wünschte, von den anderen
Tieren besucht zu werden.
Es kamen einige;
und da die schlimmste Krankheit, unter der er litt,
ein gefrässiger Hunger war, benutzte er das köstliche Rezept,
den Monsieur, der ihn aufsuchte, zu verschlingen.
Nun nähert sich die Füchsin heimlich
und beobachtet von der Tür aus
längere Zeit
den Eingang des hohen Palastes.
Der Löwe erblickte sie und sagte sofort zu ihr:
«Komm her; denn ich fühle, dass der letzte Augenblick
meines Lebens gekommen ist.
Besuche mich ebenso wie die anderen, meine Teure.»
«Wie die anderen! Ach, Herr!
Ich habe zwar gesehen, wie sie hineingingen, jawohl,
aber sie sind nicht wieder herausgekommen.
Sieh nur, sieh nur, die Spur
sagt es sehr deutlich:
Es ist nicht gut hineinzugehen,
wenn nicht gewährt ist, wieder herauszukommen.»
Die kluge Vorsicht ist viel wert.

Tomás de Iriarte

Die Ameise und der Floh

Um gute Taten nicht loben zu müssen,
werden sie von einigen
als leichte Aufgaben hingestellt.

Manche haben eine drollige Art,
den Anschein zu erwecken, als ob sie alles
wüssten;
denn sobald sie irgend etwas hören oder sehen,
selbst wenn es sehr neu ist und entzückend,
halten sie es für abgedroschen und leicht
und wagen nicht, es zu loben.
Diese Sorte von Menschen
wird mir nicht entgehen, mein Leben lang,
ohne dass ich sie mit einer ganz normalen Fabel
bedenke,
selbst wenn ich darauf einen ganzen Tag
verwenden muss.

Dem Floh erzählte die Ameise,
wie sehr sie sich anstrengen muss,
mit welchen Geschicklichkeiten sie den
Unterhalt verdient,
auf welche Weise sie den Ameisenhaufen baut,
wo die Wohnung ist, wo die Speisekammer,
wie sie das Korn trägt,
wie die Aufgaben unter alle verteilt werden

und andere sehr sonderbare Kleinigkeiten,
die als märchenhaft gelten könnten,
wenn nicht tägliche Erfahrungen
sie als offenkundig erweisen würden.
Für jede Erklärung hatte der Floh
nichts anderes als Ausdrücke
wie diese oder ähnliche:
«Freilich..., jawohl..., vermutlich...,
wohl..., ich verstehe..., sagte ich doch...,
zweifellos..., es ist klar..., es war
vorauszusehen...,
was ist daran Besonderes?»
Die Ameise, die aus dem Häuschen geriet,
als sie diese dummen Antwörtchen hörte,
sagte zu dem Floh: «Freund, ich möchte, dass Sie
zum Ameisenhaufen mitkommen.
Da Ihnen mit diesem Meisterton alles leicht-
fällt und
alles gelingt, helfen Sie uns, etwas Nützliches
zu tun,
wenigstens als ein Beispiel.»
Der Floh machte einen schnellen Sprung und
antwortete mit grosser Unverschämtheit:
«Schau da, welch eine Frechheit!
Glaubst du, es würde mir schwerfallen?
Ich brauche es nur zu versuchen,
aber..., ich habe zu tun..., bis zum nächsten Mal.»

Der Löwe und der Adler

Wer sich um die Gunst von zwei Parteien
bemüht,
erreicht bisweilen von beiden Verachtung.

Der Adler und der Löwe
führten ein grosses Gespräch,
um unter sich einige Herrschaftsprobleme
zu erörtern.
Viele Klagen erhob der Adler gegen die Fledermaus
und sagte: «Wie lange noch bringt uns dieser hässliche Vogel Aufruhr?
Sie mischt sich unter meine Vögel und gibt sich
als einer von ihnen aus und gibt mehrere Gründe dafür an,
vor allem das Fliegen.
Aber sobald es ihr passt, sagt sie dann:
‹Schnauze habe ich nicht und nicht Schnabel.
Wollt Ihr mich wie Geflügel behandeln?
Nun, in einen Vierfüssler verwandle ich mich.›
Mit meinen Untertanen lästert sie
über die Tiere deines Reiches;
und wenn sie mit diesen haust,
klatscht sie auch über jene.»
«Also gut» (sagte der Löwe):
«Ich schwöre dir, dass sie nicht mehr in mein Königreich hereinkommt.»
«Nun, in meins noch weniger» (erwiderte der Adler).
Seitdem sehen wir sie einsam in der Nacht ausgehen,
da weder Beflügelte noch Vierfüssler
einen solchen Kameraden wollen.

Literarische Fledermäuse,
ihr arbeitet mit Federn und Haar,
wenn ihr mit jedem leben wollt,
seht euch in diesem Spiegel an.

Iwan A. Krylow

Die Eiche und das Rohr

Ein Eichbaum unterhielt mit einem Schilfrohr sich.
«Fürwahr, du hast ein Recht, mit der Natur zu grollen»,
sprach er, «ein Sperling wiegt zu schwer für dich.
Kaum dass die Lüfte nur das Wasser kräuseln wollen,
so schwankest du, wirst schwach, und traun,
du beugest dich so kläglich nieder,
dass es ein Jammer ist, dich anzuschaun:
derweil ich, ragend wie des Kawkas Glieder,
nicht nur abwehre jeden Sonnenstrahl,
nein, auch der Winde lache allzumal
und stehe felsenfest im Tal.
Ein heil'ger Friede scheint mich zu umschliessen,
was dir Orkan, kann ich als Zephyr grüssen.
Und wär' in meiner Nähe nur dein Stand!
Im Schatten meiner Zweige, die sich türmen,
könnt' ich vor bösem Wetter leicht dich schirmen.
Doch wies Natur euch an den Rand
der sturmdurchfurchten Äolusgebiete –
sie zieht sich euer Los nicht zu Gemüte!»
«Du bist recht mitleidsvoll», antwortet drauf das Rohr,

«doch gräm dich nicht zu sehr, mir kommt's so
schlimm nicht vor.
Ich fürchte nicht für mich der Stürme Walten,
beug' ich mich auch, ich werde nicht gespalten,
so schaden grause Wetter wenig mir:
vielleicht gar drohn sie mehr noch dir!
Du keck bis jetzt die Stirne konntest bieten,

und dass ihr Anprall noch dein Haupt nicht hat
gebeugt –
doch warten wir, was uns das Ende zeigt.»
Das Rohr hat kaum gesprochen, und schon
zuckt
es auf von Nord: mit Hagel, Regengüssen
braust Boreas heran, wild und verbissen.
Der Eichbaum trotzt, derweil das Rohr sich
duckt
und niederbeugt den Schaft.
Es rast der Wind, verdoppelt seine Kraft,
stürmt an und hat herausgerissen
mit allen Wurzeln den, des Haupt die Wolken
rührte
und dessen Ferse Grund im Schattenreiche
spürte.

Der Hahn und die Perle

Beim Wühlen in der Düngerpfütze
fand eine Perle einst der Hahn
und sprach: «Was ist denn da daran?
Das Ding ist gar nichts nütze!
Ist's eine Torheit nicht, dass man so hoch es
schätzt?
Mich hätte in der Tat unendlich mehr ergötzt
ein Gerstenkorn – wenn's auch den Glanz nicht
hat,
es macht doch satt.»

So urteilt auch der Ignorant:
Wovon er nichts versteht, das ist ihm blosser
Tand.

Die Teilung

Einst hatten wackre Handelsleute
zusammen sich getan zu einer Maskopei.
Sie wurden reich dabei
und schlossen ihr Geschäft und teilten heute.
Wo gäb' es Teilung nun wohl ohne Zwist?
Sie hadern über Summen, über Waren –
als plötzlich sie erfahren,
dass im Gebäude Feuer ausgebrochen ist.
«Kommt nur und rettet
den Warenvorrat, rettet unser Haus»,
so ruft der eine aus,
«die Rechnung wird dann später schon
geglättet!»
«O nein, das Tausend erst, das mir gebührt»,
so schreit ein anderer Geselle,
«ich geh' nicht eher von der Stelle!»
«Zweitausend dann für mich saldiert»,
ruft hier ein dritter, «dieser Posten
ist sonnenklar!»
«Wieso? Wofür? Warum nicht gar?»
Und während sie sich immer mehr erbosten,
vergassen sie der Feuersbrunst,
es übermannt sie Rauch und Dunst,
so dass mit Haus und Habe sie verbrannten.

Oft, wenn viel grössre Dinge sind im Spiel
als die genannten,
setzt dem Verderben man deshalb kein Ziel,
weil jedermann,
statt der Gefahr gemeinsam zu begegnen,
erst Händel spann,
um selber sich zu segnen.

Der Rabe und der Fuchs

Dass Schmeichelei den, der das Ohr ihr leiht,
erniedriget und schädigt,
hat man der Welt schon oft gepredigt:
Es scheint umsonst, denn allezeit
weiss sich ins Herz der Schmeichler ein-
zuschleichen.

Dem Raben hatte Gott ein Stückchen Käs'
beschert.
Was konnte seiner Freude gleichen?
Er schwingt damit sich auf den Tann,
wo nichts ihn stört,
und schickt zum Frühstücken sich an.
Noch hält den Käse sinnend er im Munde,
da schleicht der Fuchs herbei zur bösen Stunde.
Der Käse hat den Duft dem Fuchse zugesandt,
als ihn der Fuchs gewahrt, da steht er wie
gebannt.
Drauf sieht man sacht ihn näher traben,
er schwänzelt, und kein Aug' verwendet er vom
Raben,
und lispelt mit verhaltnem Atem:
«Was bist du, Liebchen, schön geraten!
Dies Hälschen nur, dies Augenpärchen,
wenn man's nicht säh', man hielt' es für ein
Märchen.
Die Federchen! Das Schnäbelchen so fein!
Und wahrlich, engelsschön wird erst die Stimme
sein.
Sing, Schätzchen, sonder Scheu; wenn dir das
Singen
bei solcher Schönheit auch noch kann gelingen,

wirst du zum Königsvogel auf dich schwingen!»
Es schwindelt bei dem Lob dem Raben bald der
Kopf,
vor Wonne stockt der Atem ihm im Kropf,
dann, auf des Fuchses Schmeichelwort,
krächzt auf aus vollem Hals der arme Tropf.
Der Käse fällt, es schleppt der Schalk ihn fort.

Der Adler und der Maulwurf

Wer es auch sei, der einen Rat dir beut –
ihn ungeprüft verschmähn, wär' nicht gescheut.

Einst kam aus einem fernen Reiche
ein Aar mit seinem Weib in einen dichten Wald;
der lockte sie zu festem Aufenthalt.
Sie wählten eine hochbelaubte Eiche,
im Gipfel sich ihr Nest zu baun;
im Geiste sahen sie die Jungen flügge schon.
Der Maulwurf hört davon,
und traun,
er fasst sich Mut, dem Adler zu erzählen,
der Eiche Wurzeln seien krank,
ihr sei der Sturz gewiss, und zwar nicht über lang',
drum möge Seine Hoheit sie nicht wählen. –
Ei, hat ein Aar zu hören auf den Rat,
den aus so niedrer Grube er empfaht?
Von einem Maulwurf gar? Wo bliebe da der
Ruhm
des Adlerblickes, der so scharf,
dass sich kein andrer ihm vergleichen darf!
Und darf ein Tier, so blöd und dumm,
sich mischen in des Vögelfürsten Tun?

Der Adler lässt die Sach' auf sich beruhn
und geht ans Werk mit rüst'ger Eile,
den neuen Sitz zu baun, darin das Weibchen
weile.
Und alles ging nach Wunsch. Die Aarin hat auch
Junge.
Doch was geschah? Als einst im Morgenlicht
aus Wolkenhöh' der Aar herniederbricht,
mit würz'ger Frühkost für der Seinen Zunge,
gewahrt er, dass die Eiche fiel,
im Sturze ihm begrabend Weib und Kind.
Er kennt des Jammers nun nicht Mass noch Ziel.
«Weh' mir», ruft er, «wie blind
war ich, wie grausam muss ich's büssen,
dass ich mich konnte nicht entschliessen,
zu hören auf vernünft'gen Rat.
Wer war des aber auch gewärtig,
dass selbst ein Maulwurf Einsicht hat?»
«Warst du nicht so hoffärtig»,
ruft es von unten her, «so hättest du erwogen,
dass es mein Los,
zu wühlen in der Erde Schoss,
dass ich ja dazu bin erzogen,
und dass ich, weiland in der Wurzeln Nähe,
ob noch gesund ein Baum, am besten sehe.»

Die Mücke und der Hirt

Im Schatten schlief ein Hirt, vertrauend auf die
Hunde.
Die Schlange sah's, kroch aus dem Busch heran,
schon züngelt sie aus offnem Munde,
und um den Hirten war's getan –

da stach, entrüstet über solche Tücke,
den Schläfer heftig eine Mücke.
Der Hirt erwacht, schlägt tot die Schlang' alsbald,
doch aus dem Schlafe fahrend, hat er mit Gewalt
die Mücke so gepackt, dass sie verendet.

Aufs Menschenleben angewendet:
Wenn je ein Schwacher einem Starken wagt,
Sei's noch so gut gemeint, die Wahrheit
aufzudecken:
er wird gar bald gewahr zu seinem Schrecken,
dass man's mit ihm wie mit der Mücke macht.

Der Schwan, der Hecht und der Krebs

Wenn zur Genossenschaft sich Eintracht nicht
gesellt,
ist's mit dem Werke schlecht bestellt:
Es gibt nur Quälerei, und man bringt's nicht
zurecht.

Einst wollten Schwan und Krebs und Hecht
fortschieben einen Karrn mit seiner Last
und spannten sich zu drei'n davor in Hast.
Sie tun ihr Äusserstes; er rückt nicht von der
Stelle.
Die Last an sich wär' ihnen leicht genug,
allein der Schwan nimmt aufwärts seinen Flug,
der Krebs kreucht rückwärts, und der Hecht
strebt in die Welle.
Wer schuld nun ist, wer nicht, darüber hier kein
Wort,
der Karren aber steht noch dort.

Daniel Wilhelm Triller

Der Storch und der Frosch

Ein Storch wollt' einen Frosch verschlingen;
«Ach! Schone meiner», sagte der,
«Was treibt dich an? Wo rührt es her,
Dass du mich itzt suchst umzubringen?
Ich tat dir ja nie was zuleid,
Drum denk doch an die Billigkeit.»
«Ja», sprach der Storch, «ich muss
gestehen,
Du hast mir nichts zuleid getan;
Allein mich kömmt der Hunger an,
Der soll mir nun durch dich vergehen?
Warum verzehrst du denn die Schnecken;
Warum schluckst du die Mücken ein,
Die dir doch nie zuwider sein?»
Hier blieb dem Frosch die Rede stecken,
An diesen Einwurf dacht' er nicht;
Doch konnt' er nichts dargegen sagen;
Drauf schlang ihn, als ein gut' Gericht,
Der Storch in seinen leeren Magen.

Dies ist in die Natur gegeben
Und jederzeit der Welt ihr Lauf,
Der eine muss vom andern leben,
Der Grössre frisst den Kleinern auf;
Wer nicht die Macht hat, sich zu wehren,
Der lass' sich mit Geduld verzehren.

Die Tulpe und die Maienblume

Die Tulpe sah die Maienblume,
Im Tale, niederträchtig stehn:
«Wie weit bist du von meinem Ruhme!
Wie bin ich gegen dir so schön!
Wie prächtig ist mein Kleid geschmücket,
Wie stehst du gegenteils gebücket,
Wie ärmlich ist dein weiss' Gewand;
Woran man keine Farb' erblicket!
Wie glücklicher ist nun mein Stand!
Du hast wohl Ursach', dich zu schämen»,
So liess die Tulpe sich vernehmen.
«Worzu viel Worte? Du hast recht;
Wer leugnet es?» versetzte jene,
«Dein Ansehn ist gewiss nicht schlecht
Und deine Kleidung wunderschöne,
Ja, bis zum Laubwerk und zum Stiel,
Sind wenig Blumen dir zu gleichen;
Ich muss dir also freilich weichen:
Doch riech' ich wohl und nütze viel.»

Wie mancher hat ein schön' Gewand
Und äusserliche gute Mienen?
Allein, wo bleibet der Verstand?
Und was kann er dem Nächsten dienen?

Die Nachteule und der Haushahn

Die Eule flog des Nachts umher,
Wie diese scheuen Vögel pflegen.
Ein Haushahn sah dies ungefähr
Und rief: «Mein! Sage mir, weswegen

Du so des Nachts beschäftigt bist,
Dass dir der Schlaf ein Fremdling ist.»
«Ich tu' es», sprach sie, «Mäuse, Spinnen
Und andre Würmer zu gewinnen.»
«Dies ist ja wohl der Müh' noch wert»,
Sprach hier der Hahn, «der Ruh' zu missen;
Fahr wohl, mein Freund, behalte dir
Die hochgerühmten Leckerbissen;
Der Schlaf hingegen wird von mir
So wohlfeil wahrlich nicht entbehrt.»

Wie mancher der Gelehrten sitzt
Die ganze Nacht bis an den Morgen
Und liest und schreibt mit Angst und Sorgen,
Dass er bald friert, bald wieder schwitzt;
Allein, was bringet sein Beginnen
Der Welt für Nutz, und ihm für Frucht,
Als dass er Mäuse, Grillen, Spinnen
Mit grosser Müh' umsonst gesucht.

Daniel Stoppe

Der Kater und die Mäuse

Ein Kater, der von Kindheit an
Sich auf der Mäusejagd mit Fleiss hervorgetan;
Ein Held, dem mehr als tausend Ratten
Den Untergang zu danken hatten,
Ward endlich alt und schwach und konnte nicht
mehr sehn.
Die Ratten sagten ihm: es sei ihm recht
geschehn;
Gott liess ihn nun, zur Strafe seiner Sünden
Und auch zugleich zu ihrer Sicherheit,
Nach Wunsch verkrummen und verblinden.
«Ach!» sprach der alte Schalk, «die Sünden sind
mir leid;
Der Himmel kennt mein reuiges Gewissen;
Ich trage meine Schuld und will sie gerne
büssen.
Ich fühle schon, mein Tod ist nicht mehr weit;
Gottlob!, es geht mit mir zu Ende.
Ich bitt' euch alles ab: Hier habt ihr meine
Hände!
Kommt her und sagt mir's zu, dass ihr
versöhnlich seid!»
Die Ratten merkten gleich, wieviel die Uhr
geschlagen.
«Ja», sprachen sie, «gar gern! Wir wollen dir
verzeihn;

Doch nahe wird sich niemand wagen.
Wir können weit entfernt so gute Freunde sein,
Als wenn wir näher zu dir kämen,
Denn dazu werden wir uns nimmermehr
bequemen.»
Kurzum, die Ratten liefen fort
Und wünschten ihm Glück auf die Reise.
Drauf kam ein Dutzend junge Mäuse.
«O seht doch!» schrien sie, «den kranken Kater
dort!»
«Ihr Kinder!» rief der Dieb, «kommt her und
seht mich sterben!
Ich hab' itzt gleich mein Testament gemacht
Und euch als meinen künft'gen Erben
Mein ganz Vermögen zugedacht.»
Drauf mauzt' er noch einmal, als nähm' er gute
Nacht;
Er hielt den Atem an, lag still und ausgestreckt,
Als wär' er in der Tat verreckt.
Die Mäuse liessen sich, durch diese List,
betrügen;
Sie sprungen auf ihn los und tanzten um ihn
her.
Man sah ein Blatt Papier zu seinen Füssen
liegen,
Und dies bestärkte sie in ihrem Wahn noch
mehr.
«Ach!» riefen sie, «seht! seht!, da liegt das
Testament!»
Der Kater schnappte zu und fing auf diese
Weise
Vier ihm zu nah getretne Mäuse.
«Ich weiss wohl», sprach der Schalk, «dass ihr
nicht lesen könnt.

Geht, lasst euch meinen Bauch die wahre
Nachricht sagen,
Von dem, was ich euch zugedacht;
Der Rechtsfreund, welcher mir das Testament
gemacht,
Wohnt ohnedem in meinem leeren Magen.»

Die glatten Worte sind ein Eis, das leichte bricht.
Wer falschen Leuten glaubt, der kennt die Welt
noch nicht.

Das Tal und die Berge

Gott, der die Berge schuf, schuf auch das Tal
zugleich,
Ein jedes mit besondern Gaben;
Was dem zu fehlen schien, schien der zu viel zu
haben.
Der Schöpfer sprach: «Vertraget euch!
Ihr Berge sonderlich vertragt euch mit den
Tälern,
Denn euer Überfluss beruht auf ihren Fehlern.»
Allein der Hochmut nahm die Berge dennoch
ein;
«Ihr Täler!» schrien sie, «ihr macht euch zu
gemein;
Gebraucht mehr Höflichkeit und geht zu eures-
gleichen.»
«Ihr Herren!» rief ein Tal, «wir werden
schwerlich weichen;
Wenn ihr gleich höher seid als wir:
Gnug!, dass wir tiefer sind als ihr.
Zudem so müsst ihr ja auf unsre Kosten leben;

Was uns Gott abgekürzt, das hat er euch gegeben;
Dass ihr erhabner seid, rührt nicht von eurer Wahl,
O nein!, das stund bei dem, der uns erschaffen hat;
Denn fände zwischen uns die gleiche Teilung statt,
So wäre weder Berg noch Tal.»
Die Berge wollten noch nicht Fried' und Freundschaft hegen;
Sie taten unerträglich gross
Und schimpften unerlaubt auf ihre Nachbarn los.
Der eine Berg war sonderlich verwegen;
Und da er auf den Fall der nahen Täler drung:
So stellt er sich mit Fleiss, als wenn er niesen wollte,
Damit durch die Erschütterung
Ein losgerissner Stein das Tal erschlagen sollte.
Allein der weise Gott, der darauf Achtung gab,
Dass jegliches Geschöpf in seinen Schranken bliebe,
Damit der Grössere den Kleinern nicht vertriebe,
Warf endlich selbst den Berg zur Straf' ins Tal hinab
Und machte Berg und Tal dadurch zum ebnen Lande.

Ihr Menschen von erhabnem Stande!
Die Fabel zielt auf euch. Seht her! und stellt euch hier
Den umgeworfnen Berg zu eurem Beispiel für.

Friedrich von Hagedorn

Das geraubte Schäfgen

Als Joabs Heldenheer die Kinder Ammon schreckte
Und schon ganz Israel das Land um Rabba deckte,
Wo der Gewaltigen und Hanons Unverstand
Die Boten schänden liess, die David abgesandt;
Da raubte sein Befehl Uria Glück und Leben,
Um das geliebte Weib, das ihm der Herr gegeben,
Die Tochter Eliams, die Davids Freundin war,
Und, als sie ausgetraurt, ihm einen Sohn gebar.

Dem Herrn missfiel die Tat, und Nathan ward ersehen,
Mit Worten seines Zorns zum Könige zu gehen.
Er sprach: «In einer Stadt befanden sich zugleich
Zween Männer; einer arm, der andre gross und reich.
Der Reiche sahe stets in Tagen voller Freuden
Die Herden seines Hofs auf grünen Hügeln weiden;
Die Rinder unzerstreut bei jungen Farren ruhn;
Der Geiss' und Widder Mut im Felde fröhlich tun;
Die Lämmer ohne Fehl um ihre Mütter springen;

Das Lastvieh durch den Klee mit reichen Bürden
dringen;
Die Blüten dicker Saat sich an den Wassern
blähn
Und seiner Schnitter Fleiss die schönsten Halme
mähn.
Dem Armen, ach!, was war dem Armen doch
bescheret?
Ein einzig kleines Schaf, das er gekauft,
genähret.
Das wuchs und ward bei ihm und seinen Kindern
gross
Und kannte seinen Ruf und schlief in seinem
Schoss
Und trank von seinem Kelch und ass von seinem
Bissen
Und folgte seiner Hand und lief nach seinen
Küssen:
Er hielte dieses Schaf, sein liebstes auf der
Welt,
Wie in Jerusalem man eine Tochter hält.
Dem Reichen kam ein Gast; dass der bewirtet
würde,
Nahm er kein Rind, kein Schaf aus seiner Weid'
und Hürde.
Die räuberische Faust macht ihm ein Freuden-
mahl
Aus jenem weissen Schaf, das er dem Armen
stahl.»
Er schwieg, und David schwur: «Der Frevler soll
nicht leben!
Er soll nicht nur das Schaf vierfältig
wiedergeben;
Wer solche Missetat in Israel beginnt,

So wahr der Höchste lebt!, der ist des Todes Kind.»
«Du, David, bist der Mann», erwidert der Prophete;
«Will deine Seele noch, dass man den Räuber töte?
So spricht der Herr, dein Gott: ‹Ich habe dich gebaut;
Zum Könige gesalbt; das Reich dir anvertraut;
Den Händen Sauls gewehrt; itzt deines Volks verschonet;
Und dir das Haus verliehn, in dem dein Herr gewohnet;
Die Weiber deines Herrn gab ich in deinen Schoss;
Du bist in Israel, du bist in Juda gross.
Du bist durch mich ein Herr, ein Sieger und ein König,
Du, des Isai Sohn.› Ist dieses dir zu wenig,
So füg' ich mehr hinzu. Wie aber kannst du nun
Vor meinem Angesicht ein solches Übel tun?
Des Herrn Gebot verschmähn, ihn und sein Wort verachten?
Durch dich frisst Ammons Schwert Uria, deinen Knecht.
Sein Blut zeugt wider dich und schreit zu mir um Recht.
Noch darfst du gar sein Weib itzt, als dein Weib, umfassen;
Drum soll das Rachschwert nie von deinem Hause lassen.
So spricht der Herr, dein Gott: ‹Zu desto grössrer Pein

Soll dir dein eignes Haus des Unglücks Quelle
sein.›
Die Weiber will ich dir vor deinen Augen
rauben
Und deinem Nächsten selbst der Strafe Lust
erlauben:
An ihnen soll das Volk, was insgeheim
geschehn,
Bei lichtem Sonnenschein mit Schmach
gerochen sehn.»

Der Wolf und das Pferd

An einem schönen Frühlingsmorgen
Betrat ein Wolf voll Nahrungssorgen
Der fetten Anger keimend Grün.
Da sah er mit erwünschten Freuden
Ein wohlbefleischtes Füllen weiden,
Das seinen Zähnen reizend schien.

Er hatte grosse Lust zur Beute;
Nur dass er jeden Gegner scheute,
Der stärker war als Lamm und Schaf.
Drum sollt' es ihm durch List gelingen,
Den jungen Streiter zu bezwingen,
Der an Gewalt ihn übertraf.

Er nähert sich dem stolzen Pferde:
Er schwört, dass auf der ganzen Erde
Kein Wurzelmann ihm ähnlich sei.
«Erhabner Houyhnhnm», spricht er weiter,
«Ich kenne Stauden, Pflanzen, Kräuter,
Von hier bis in die Tartarei.

Ich kann den Kranken Hülf erteilen,
Spat, Kropf, Geschwulst und alles heilen,
Dem andrer Helfer Rat gebricht.
Mir müssen Krampf und Würmer weichen;
Den Koller weiss ich wegzuscheuchen;
Und was versteh' ich sonsten nicht!

Itzt bin ich darum hier erschienen,
Mit meiner Wissenschaft zu dienen;
Wenn Ihnen diese raten kann.
Sie gehn zu frei, zu rasch im Felde:
Dies zeigt, dass ich die Wahrheit melde,
Uns Ärzten nicht viel Gutes an.

Dürft' ich, weil Sie zu sehr sich regen,
Ein Band um Ihre Schenkel legen;
Gewiss, Sie sollten Wunder sehn.
Ich fordre nichts für Kur und Mühe,
Weil ich den Geiz vor allem fliehe;
Die Heilung soll umsonst geschehn.»

Das Füllen dankt ihm und versetzet:
«Ich habe mich am Huf verletzet
Und spüre dort die schwerste Pein.
Herr Doctor!, kommt, beseht den Schaden,
Könnt Ihr der Schmerzen mich entladen?»
«Nichts», spricht der Wolf, wird leichter sein.»

Er will auch keine Zeit verlieren
Und stellt, den Anschlag auszuführen,
Sich unverzüglich hinters Pferd.
Das will, aus gleichgeschwinden Pflichten,
Ihm zum voraus den Lohn entrichten.
Ein Arzt ist seines Lohnes wert.

Der Houyhnhnm sucht ihn klug zu machen,
Schlägt aus, zerquetscht des Wolfes Rachen
Und wiehert ihm die Worte zu:
«Nichts gibt ein grösseres Vergnügen,
Als den Betrüger zu betrügen;
Freund!, das beweisen ich und du.»

Der Hirsch, der Hund und der Wolf

Ein jeder Frommer tut, was man in Hamburg tut:
Das Gute glaubt er oft, allein das Böse selten.
Ihn lehrt der Lauf der Welt, dass Neid und Frevelmut
Der Tugend Henker sind und auch die Frömmsten schelten.
Sonst ist's ein blosses Glück, wenn einen Bösewicht
Die Unschuld und das Recht, trotz seiner Kunst!, beschämen.

Ein Wolf jagte einen Hund. Der bat, aus Zuversicht,
Den Hirsch, ihn ungesäumt in seinen Schutz zu nehmen.
Der Flüchtling wird erhört; doch ihn verfolgt sein Feind
Und spricht: «Ich komm', o Hirsch, dein einzig Kalb zu rächen.
Der Schapphahn hat's erwürgt; ich sah es, ich, dein Freund,

Und den verwirkten Hals soll ihm kein andrer brechen.»
Der Hund verneint die Tat. Er fleht und schwört dabei:
Es sei ihm, von Natur, das Wildpret recht zuwider.
Ihm zeigt der strenge Hirsch sein fürchterlich Geweih.
Beklagter seufzt und heult und wirft sich vor ihm nieder.
Als drauf sein Kläger ihm mit neuen Zeugen droht,
Kömmt, gleich zur rechten Zeit, das Hirschkalb hergesprungen.
Den frechen Lügner trifft Verwirrung, Furcht und Tod;
Doch dieses Beispiel schreckt nur wenig Lästerzungen.

Das Hühnchen und der Diamant

Ein verhungert Hühnchen fand
Einen feinen Diamant
Und verscharrt' ihn in den Sand.

«Mögte doch, mich zu erfreun»,
Sprach es, «dieser schöne Stein
Nur ein Weizenkörnchen sein!»

Unglücksel'ger Überfluss,
Wo der nötigste Genuss
Unsern Schätzen fehlen muss!

Der Berg und der Poet

Ihr Götter, rettet! Menschen, flieht!
Ein schwangrer Berg beginnt zu kreissen
Und wird itzt, eh' man sich's versieht,
Mit Sand und Schollen um sich schmeissen.
Er brüllt, er kracht, und Tal und Feld
Sind durch gerechte Furcht entstellt.
Was kann dem nahen Unfall wehren?
Es wird ein Wunderwerk geschehn:
Er muss mit Städten trächtig stehn
Und bald ein neues Rom gebären.

Suffenus schwitzt und lärmt und schäumt:
Nichts kann den hohen Eifer zähmen;
Er stampft, er knirscht; warum?, er reimt
Und will itzt den Homer beschämen.
So setzt sich Pythons Priesterin
Halb rasend auf den Dreifuss hin
Und spürt in Hirn und Busen Wehen.
Was ist der stolzen Feder Frucht?
Was wirkt des Dichters Wirbesucht?
Zum mindsten, glaub' ich, Odysseen.

Allein, gebt acht, was kömmt heraus?
Hier ein Sonett, dort eine Maus.

Christian Fürchtegott Gellert

Der grüne Esel

Wie oft weiss nicht ein Narr durch töricht Unternehmen
Viel tausend Toren zu beschämen!

Neran, ein kluger Narr, färbt einen Esel grün,
Am Leibe grün, rot an den Beinen,
Fängt an, mit ihm die Gassen durchzuziehn;
Er zieht, und jung und alt erscheinen.
«Welch Wunder!» rief die ganze Stadt,
«Ein Esel, zeisiggrün!, der rote Füsse hat!
Das muss die Chronik einst den Enkeln noch erzählen,
Was es zu unsrer Zeit für Wunderdinge gab!»

Die Gassen wimmelten von Millionen Seelen;
Man hebt die Fenster aus, man deckt die Dächer ab;
Denn alles will den grünen Esel sehn,
Und alle konnten doch nicht mit dem Esel gehn.

Man lief die beiden ersten Tage
Dem Esel mit Bewundrung nach.
Der Kranke selbst vergass der Krankheit Plage,
Wenn man vom grünen Esel sprach.
Die Kinder in den Schlaf zu bringen,

Sang keine Wärterin mehr von dem schwarzen
Schaf;
Vom grünen Esel hört man singen,
Und so gerät das Kind in Schlaf.

Drei Tage waren kaum vergangen:
So war es um den Wert des armen Tiers geschehn.
Das Volk bezeugte kein Verlangen,
Den grünen Esel mehr zu sehn.
Und so bewundernswert er anfangs allen schien:
So dacht' itzt doch kein Mensch mit einer Silb'
an ihn.

Ein Ding mag noch so närrisch sein,
Es sei nur neu: so nimmt's den Pöbel ein.
Er sieht, und er erstaunt. Kein Kluger darf ihm
wehren.
Drauf kommt die Zeit und denkt an ihre Pflicht;
Denn sie versteht die Kunst, die Narren zu
bekehren,
Sie mögen wollen oder nicht.

Der Maler

Ein kluger Maler in Athen,
Der minder, weil man ihn bezahlte,
Als, weil er Ehre suchte, malte,
Liess einen Kenner einst den Mars im Bilde sehn
Und bat sich seine Meinung aus.
Der Kenner sagt ihm frei heraus,
Dass ihm das Bild nicht ganz gefallen wollte,
Und dass es, um recht schön zu sein,
Weit minder Kunst verraten sollte.

Der Maler wandte vieles ein;
Der Kenner stritt mit ihm aus Gründen
Und konnt' ihn doch nicht überwinden.

Gleich trat ein junger Geck herein
Und nahm das Bild in Augenschein.
«Oh», rief er, bei dem ersten Blicke,
«Ihr Götter, welch ein Meisterstücke!
Ach welcher Fuss! O wie geschickt
Sind nicht die Nägel ausgedrückt!
Mars lebt durchaus in diesem Bilde.
Wie viele Kunst, wie viele Pracht
Ist in dem Helm, und in dem Schilde,
Und in der Rüstung angebracht!»

Der Maler ward beschämt gerühret
Und sah den Kenner kläglich an.
«Nun», sprach er, «bin ich überführet!
Ihr habt mir nicht zu viel getan.»
Der junge Geck war kaum hinaus:
So strich er seinen Kriegsgott aus.

Wenn deine Schrift dem Kenner nicht gefällt:
So ist es schon ein böses Zeichen;
Doch wenn sie gar des Narren Lob erhält,
So ist es Zeit, sie auszustreichen.

Cotill

Cotill, der, wie es vielen geht,
Nicht wusste, was er machen sollte,
Und doch nicht müssig bleiben wollte;
Denn müssig gehn, wenn man's nicht recht versteht,

Ist schwerer, als man denken sollte;
Cotill ging also vor die Stadt
Und machte sich etwas zu schaffen.
Er ging und schlug im Gehen oft ein Rad.
«Oh», schrie man, «seht den jungen Laffen,
Der den Verstand verloren hat!
Er macht die Hände gar zu Füssen.
Ihr Kinder zischt den Narren aus.»
Allein Cotill liess sich dies alles nicht verdrüssen.
Kurz, es gefiel ihm so, er ging vors Tor hinaus.
Man mochte, was man wollte, sagen,
Er fuhr dort fort, im Gehn sein Rad zu schlagen.

«Der Teufel! Seht, das war ein rechtes Rad!»
Fing endlich einer an zu fluchen.
«Ich möcht' es doch bald selbst versuchen.»
Er sagt es kaum, als er's schon tat.
«Nun», sprach er, «seh' ich wohl, wie viel man Vorteil hat.
Es ist ganz hübsch um so ein Rad,
Denn man erspart sich viele Schritte.
Der Mann ist nicht so dumm, der es erfunden hat.»
Den Tag darauf kam schon der dritte
Und tat es nach. Die Zahl vermehrte sich.
In kurzem sprach man schon gelinder;
Man fragte stark nach dem Erfinder
Und lobt ihn endlich öffentlich.

Nimm alles vor, es sei so toll es will.
Heiss anfangs närrisch, wie Cotill;
Dein Beifall ist drum nicht verloren.
Sei nur beherzt und spare keinen Fleiss.
Ein Tor find't allemal noch einen grössern Toren,
Der seinen Wert zu schätzen weiss.

Johann Wilhelm Ludwig Gleim

Die reisende Fabel

Die arme Tochter des Äsop,
Die Fabel, reiste von Athen,
Entfernte Länder zu besehn.

Ihr Anzug war zwar schlecht, jedoch nicht
grob
Und sonsten sehr bequem;
Wohin sie kam, da war sie angenehm.

Zu Rom gab ihr ein römisch Kleid
Ein Freigelassener, es war ihr nicht zu weit,
Es lag recht an, es war gemacht
Nett, aber ohne Pracht.

Darin begab sie sich von dannen nach Paris;
Ein Ritter nahm sie auf und unterwies
Die Pilgerin, die seine Freundin ward,
In seiner Landesart.

Einst führt er sie in einer Galanacht
An Ludwigs Hof in Hofestracht.
Ein Fuchs schlich nach bis an des Königs Haus,
Und mit hinein lief eine Maus.

Weil sie der Maintenon viel glich,
So zog sie Ludwigs Aug' auf sich.

Er rühmte sie den Damen, sie gefiel,
Und sitzend bei dem Spiel
Nannt' eine sie die Menschenlehrerin.

«Ach», sagte sie, «Madame, ich bin,
Ich weiss es wohl, nur eine Zeitvertreiberin;
Die Kinder hören mich nur gern.
Ich, Menschen lehren? Das sei fern!
Das ist das Amt der Priester und der Weisen,
Die müssen unterweisen.»

Das Pferd. Der Esel

Einst trug auf seinem schmalen Rücken
Ein Esel schwere Last,
Die fähig war, ihn tot zu drücken.
Ein ledig Pferd ging neben ihm. «Du hast
Auf deinem Rücken nichts», sprach das geplagte
Tier,
«Hilf, liebes Pferdchen, hilf!, ich bitte dich, hilf
mir.»

«Was helfen!» sagt der grobe Gaul,
«Du bist der rechte Gast, du bist ein wenig faul,
Trag zu!» – «Ich sterbe, liebes Pferd,
Die Last erdrückt mich, rette mich!
Die Hälfte wär' ein Spiel für dich!»
«Ich kann nicht», sprach das Pferd.

Kurz: Unter dem zu schweren Sack
Erlag der Esel. Sack und Pack
Schmiss man sogleich dem Rappen auf;
Des Esels Haut noch oben drauf.

Der Löwe. Der Fuchs

«Herr Löwe», sprach ein Fuchs, «ich muss
Es dir nur sagen, mein Verdruss
Hat sonst kein Ende.

Der Esel spricht von dir nicht gut;
Er sagt: was ich an dir zu loben fände,
Das wüsst' er nicht; dein Heldenmut
Sei zweifelhaft; auch gäbst du keine
  Proben
Von Grossmut und Gerechtigkeit;
Du würgetest ohn' Unterscheid;
Er könne dich nicht loben.»

Ein Weilchen schwieg der Löwe still;
Dann sprach er: «Fuchs, er spreche, was
  er will;
Denn was von mir ein Esel spricht,
Das acht' ich nicht!»

Die Katze. Die Maus

Jüngst spielte meine Katze
Mit einer kleinen Maus,
Die sie gefangen hatt' im Hinterhaus.
Wie war das Spiel?

Die sanfte Tatze
Warf sie nach ihr, und auf und nieder
Liess sie sie laufen, fing sie wieder,
Und sah dabei vergnügt und freundlich aus.

«Ach, liebe Katze!» sprach die Maus,
«Ich kenne deine Schmeicheleien
Und deine Scherze; ach! Sie dräuen
Mir einen nahen bittern Tod!»

«Was?» sprach die Katze, «das ist Spott!»
Und biss sie tot!

Der Hirsch. Der Hase. Der Esel

Ein Hirsch mit prächtigem Geweih
Von achtzehn Enden ging spazieren.
Ein Hase lief vorbei,
Sah ihn und stutzte.

Starr auf allen vieren
Steht er und gafft ihn an,
Macht Männchen, geht heran
Und sagt:

«Sieh mich doch an!
Ich bin ein kleiner Hirsch;
Denn spitz' ich meine Ohren,
So hab' ich solch Geweih wie du!»

Ein Esel hörte zu
Und sagte: «Du hast recht,
Wir sind von einerlei Geschlecht,
Der Hirsch, und ich, und du.»

Der Hirsch tat einen Seitenblick
Und ging in dicken Wald zurück.

Magnus Gottfried Lichtwer

Die Flinte und der Hase

Ein Jäger schlief im Haferschwaden
Und stützte sich auf seine Hand.
Sein Rohr, mit grobem Schrot geladen,
Lag ihm zu Füssen aufgespannt.
Ihn sah und floh ein blöder Hase,
Der doch die Furcht bald fallen liess,
Bald näher kam, bald mit der Nase
An die geladne Flinte stiess.
«Verwegner! Geh», hub hier die Flinte
Mit drohenden Gebärden an,
«Wie? Weisst du nicht, dass ich noch hinte
Dich nach der Hölle schicken kann.
Vor meinem Blitz erschrickt der Tiger,
Der Löwe, Bär, das Schwein und Rind,
Die alle mutiger und klüger
Als ein verzagter Hase sind.»
«Mein Freund, du irrst in deinem Satze»,
Warf ihm der Langohr lachend ein,
«Vor deinem Drohn läuft keine Katze,
Dein Herr ist's, den wir alle scheun.
Solange dessen Augen wachen,
So fürchtet dich auch jedes Tier,
Allein, wenn sie sich dunkel machen,
So hat es keine Not allhier.»
Was hilft Gesetz, was helfen Strafen,
Wenn Obrigkeit und Fürsten schlafen?

Der Vogel Platea und die Reiger

Der Vogel Platea, nach andern Pelikan,
Nach andern Löffelgans (das Tier hat viele
Namen),
Griff einstmals zweene Reiger an,
Die aus dem nächsten Wasser kamen,
Und jagte diesen Herrn die Fische wieder ab,
Die sie im Teiche weggefangen,
Und strafte sie dabei, dass sie den Raub
begangen,
Da denn ein Wort das andre gab.
«Oh», rief ein Reiger, «das ist schnöde,
Wir fangen unsre Kost mit Müh',
Ein fauler Schlemmer speiset sie.»
Hier fiel der Platea ihm trotzig in die Rede:
«Wie? Du begehrst noch ungescheut,
Gestohlne Sachen zu behalten?
Eh' soll man euch die Köpfe spalten,
Es lebe die Gerechtigkeit!»
Es ward der Raub hierauf von ihm sofort
verzehret.

Dergleichen Vogel wohnt noch jetzt in mancher
Stadt,
Der, ebenfalls wie der, verschiedne Namen
hat
Und die Gerechtigkeit zu seinem Vorteil
ehret.
Man klagt darüber hier und da;
Wer zweifelt, frage nur die Leute.
Er straft die Dieberei und nährt sich von der
Beute,
Als wie der Vogel Platea.

Der Jupiter und die Schnecke

Der Jupiter gab allen Tieren frei,
Dass sie eine Bitte taten;
Dieselben kamen nun und baten,
Nach ihrer Absicht, mancherlei.
Die Schnecke kroch auch mit herbei
Und bat sich einzig dieses aus,
Dass sie ihr glatt' und rundes Haus
Auf ihrem Rücken tragen möchte
Und stets die Wohnung mit sich brächte.
«Was?» rief der Jupiter ihr zu,
«Was, Törichte, begehrest du?
Du wünschest dir auf deinem Rücken
Selbst unbesonnen eine Last?
Nun wohl! Dein Wunsch soll dir zwar
glücken;
Doch sprich, was du für Ursach' hast?»
«Ich tu' es», sagte sie dargegen,
«Nur einzig meiner Nachbarn wegen,
Die selten was zu taugen pflegen.»

Der, den ein böser Nachbar quält,
Wird auf der Schnecken Seite treten
Und glauben, dass sie recht gebeten
Und was Vernünftiges gewählt.

Die beraubte Fabel

Es zog die Göttin aller Dichter
Die Fabel in ein fremdes Land,
Wo eine Rotte Bösewichter
Sie einsam auf der Strasse fand.

Ihr Beutel, den sie liefern müssen,
Befand sich leer; sie soll die Schuld
Mit dem Verlust der Kleider büssen,
Die Göttin litt es mit Geduld.

Hier wies sich eine Fürstenbeute,
Ein Kleid umschloss das andre Kleid;
Man fand verschiedner Tiere Häute,
Bald die, bald jene Kostbarkeit.

«Hilf Himmel, Kleider und kein Ende!
Ihr Götter!» schrien sie, «habet Dank,
Ihr gebt ein Weib in unsre Hände,
Die mehr trägt als ein Kleiderschrank.»

Sie fuhren fort, noch mancher Plunder
Ward preis; doch eh' man sich's versah,
Da sie noch schrien, so stund, o Wunder!,
Die helle Wahrheit nackend da.

Die Räuberschar sah vor sich nieder
Und sprach: «Geschehen ist geschehn,
Man geb' ihr ihre Kleider wieder,
Wer kann die Wahrheit nackend sehn?»

Gottlieb Konrad Pfeffel

Der Wiesel und die Maus

Ein Wiesel fing auf seiner Jagd
Ein fettes Mäuschen. «Ach, ich Arme!»
Rief es: «Erbarme dich, erbarme,
Gestrenger Herr, dich deiner Magd!»
«Das Mitleid, Bäschen, schmelzt nur Toren,
Mich nicht», versetzt der Wüterich;
«Mich hungert, und ich habe dich
Zu meinem Frühstück auserkoren,
Und dabei bleibt es.» – «Willst du mich,
Mein trauter Ohm, in Freiheit setzen,
So weis' ich dir ein Hamsternest,
Wo sich ein Schatz von vielen Metzen
Des besten Korns erbeuten lässt.»
«Lass sehen.» Mit getroster Miene
Zeigt ihm die Maus die Kolonie.
Der Bösewicht vertilget sie
Und inventiert die Magazine.
Nun gab er seinen Einstandsschmaus;
Das Bäschen liess sich's wohlbehagen:
Beim Nachtisch nahm er es am Kragen
Und sprach: «Ich schliesse meinen Magen
Von alters her mit einer Maus.»
Gestatten mächtige Korsaren
Der schwachen Unschuld ihren Schutz,
So tun sie's bloss aus Eigennutz
Und um zum Nachtisch sie zu sparen.

Der Adler und der Weih

Beim Adler ward ein Weih verklagt,
Dass er vom Strassenraube lebe.
Beklagter wird zitiert und scharf befragt,
Was er hierauf zur Antwort gebe?
«Herr König, ich bekenne frei»,
Erwiderte der Schalk und strich die Segel,
«Dass ich ein grosser Freund vom Wildpret sei.»
«Wie unverschämt!» rief der Monarch der Vögel.
Das Kompliment verdross den Weih.
«Was soll», sprach er, «die tote Ringeltaube
In deinem Nest? Die Curialien
Beiseite, Sire, lebst du nicht auch vom Raube?»
«Ha, Bösewicht! Das sind Regalien»,
Versetzt der Aar, «die mir allein gebühren»;
Und hiess den Wilddieb strangulieren.

Der Hund und der Esel

Der biedre Hund verliess die Burg des wilden
 Leuen;
Er traf auf einer grünen Bahn
Den sanften Junker Langohr an.
«Woher?» – «Ich floh den Hof.» – «Warum?» –
 «Die Plackereien
Des Sultans kränkten mich.» – «Das brave Tier!
Wohlan, ich mache dich zu meinem Leiblakeien.
Bleib hier, ich bin nicht grausam wie der
 Schach.»
«Nein», sprach der Hund mit ernsten Mienen,
«Verbrechen ist's, dem Wütrich dienen;
Dem Dummkopf dienen, wäre Schmach.»

Der Affe und der Löwe

Der Löwe brach ein Bein. Man rief
Den Doctor Fuchs, ihn zu kurieren;
Doch alles Drehen, Schindeln, Schmieren
Half nichts; das Bein blieb lahm und schief.
Um dem Monarchen zu hofieren,
Erschien sein erster Hofpoet,
Ein Affe, der gar schlau sich dünkte,
Einst in der Residenz und hinkte
So arg als seine Majestät.
«Wie?» sprach der Fürst ergrimmt zum Gecken,
«Ich glaube gar, du willst mich necken?»
«Ich?» lallte Matz. «Behüte Gott!
Mich trieb die schönste meiner Pflichten,
Als treuer Knecht, als Patriot,
Nach deinem Vorbild mich zu richten.»
«Geh, Schelm!» fiel ihm der König ein,
«Statt meinen Fehler nachzuahmen,
So hink in deinem eignen Namen!»
Er sprach's und brach ihm knacks ein Bein.

Der Löwe, der Fuchs und der Esel

Den Fuchs und Esel nahm der Leu
Mit auf die Jagd. Nach kurzem Streite
Erlag ein Hirsch. «Du», sprach der Dey
Zum Langohr, «teile nun die Beute.»
Gar weislich machte der Gesell
Drei gleiche Teile. Flugs entbrannte
Des Leuen Grimm; er riss das Fell
Ihm von dem Nacken und ernannte
Den Fuchs zum Teilungskommissar.

Der Schalk vereinigt alle Stücke
Und bietet sie dem Leuen dar.
«Wer», sprach der Dey mit losem Blicke,
«Hat so zu teilen dich gelehrt?»
Das Aug' dem Esel zugekehrt,
Den er noch triefend von dem Blute
Des rohen Schädels vor sich sah,
Sprach Reinhard: «Ei, Herr König, da,
Der Doctor mit dem roten Hute.»

Die Löwin und das wilde Schwein

Zur Löwin sprach die wilde Sau:
«Im ganzen Land kommt keine Frau
An Fruchtbarkeit mir bei.»
«Ich habe», sprach mit edlem Hohn
Die Löwin, «zwar nur einen Sohn;
Allein es ist ein Leu.»

Der Fuchs und der Esel

Ein Fuchs, der einen Hahn zerrissen,
Blieb vor dem Leichnam stehn und sah ihn traurig an.
Ein Esel nahm es wahr. «Dich reut, was du getan,
Mein Lieber», sprach er; «dein Gewissen
Erwacht ein bisschen spät; doch besser spät, als nie.»
«Freund», ächzte der Bandit, «dein Mund hat wahr gesprochen.
Mich reuet meine Tat, denn ach, das Rabenvieh
Hat leider! nichts als Haut und Knochen.»

Gotthold Ephraim Lessing

Der Hamster und die Ameise

«Ihr armseligen Ameisen», sagte ein Hamster. «Verlohnt es sich der Mühe, dass ihr den ganzen Sommer arbeitet, um ein so weniges einzusammeln? Wenn ihr meinen Vorrat sehen solltet!»

«Höre», antwortete eine Ameise, «wenn er grösser ist, als du ihn brauchst, so ist es schon recht, dass die Menschen dir nachgraben, deine Scheuren ausleeren und dich deinen räuberischen Geiz mit dem Leben büssen lassen!»

Die Eiche und das Schwein

Ein gefrässiges Schwein mästete sich, unter einer hohen Eiche, mit der herabgefallenen Frucht. Indem es die eine Eichel zerbiss, verschluckte es bereits eine andere mit dem Auge.

«Undankbares Vieh!» rief endlich der Eichbaum herab. «Du nährest dich von meinen Früchten, ohne einen einzigen dankbaren Blick auf mich in die Höhe zu richten.»

Das Schwein hielt einen Augenblick inne und grunzte zur Antwort: «Meine dankbaren Blicke sollten nicht aussenbleiben, wenn ich nur wüsste, dass du deine Eicheln meinetwegen hättest fallen lassen.»

Äsopus und der Esel

Der Esel sprach zu dem Äsopus: «Wenn du wieder ein Geschichtchen von mir ausbringst, so lass mich etwas recht Vernünftiges und Sinnreiches sagen.»

«Dich was Sinnreiches!» sagte Äsop. «Wie würde sich das schicken? Würde man nicht sprechen, du seist der Sittenlehrer und ich der Esel?»

Die Pfaue und die Krähe

Eine stolze Krähe schmückte sich mit den ausgefallenen Federn der farbigten Pfaue und mischte sich kühn, als sie gnug geschmückt zu sein glaubte, unter diese glänzenden Vögel der Juno. Sie ward erkannt; und schnell fielen die Pfaue mit scharfen Schnäbeln auf sie, ihr den betrügrischen Putz auszureissen.

«Lasset nach!» schrie sie endlich; «ihr habt nun alle das Eurige wieder.» Doch dic Pfaue, welche einige von den eignen glänzenden Schwingfedern der Krähe bemerkt hatten, versetzten: «Schweig, armselige Närrin; auch diese können nicht dein sein!» – und hackten weiter.

Der Löwe mit dem Esel

Als des Äsopus Löwe mit dem Esel, der ihm durch seine fürchterliche Stimme die Tiere sollte jagen helfen, nach dem Walde ging, rief ihm eine nasenweise Krähe von dem Baume zu:

«Ein schöner Gesellschafter! Schämst du dich nicht, mit einem Esel zu gehen?» – «Wen ich brauchen kann», versetzte der Löwe, «dem kann ich ja wohl meine Seite gönnen.»

So denken die Grossen alle, wenn sie einen Niedrigen ihrer Gemeinschaft würdigen.

Der Rabe und der Fuchs

Ein Rabe trug ein Stück vergiftetes Fleisch, das der erzürnte Gärtner für die Katzen seines Nachbars hingeworfen hatte, in seinen Klauen fort.

Und eben wollte er es auf einer alten Eiche verzehren, als sich ein Fuchs herbei schlich und ihm zurief: «Sei mir gesegnet, Vogel des Jupiters!» - «Für wen siehst du mich an?» fragte der Rabe. «Für wen ich dich ansehe?» erwiderte der Fuchs. «Bist du nicht der rüstige Adler, der täglich von der Rechte des Zeus auf diese Eiche herab kömmt, mich Armen zu speisen? Warum verstellst du dich? Sehe ich denn nicht in der siegreichen Klaue die erflehte Gabe, die mir dein Gott durch dich zu schicken noch fortfährt?»

Der Rabe erstaunte und freute sich innig, für einen Adler gehalten zu werden. «Ich muss», dachte er, «den Fuchs aus diesem Irrtume nicht bringen.» Grossmütig dumm liess er ihm also seinen Raub herabfallen und flog stolz davon.

Der Fuchs fing das Fleisch lachend auf und frass es mit boshafter Freude. Doch bald verkehrte sich die Freude in ein schmerzhaftes Gefühl; das Gift fing an zu wirken, und er verreckte.

Der Wolf und das Schaf

Der Durst trieb ein Schaf an den Fluss; eine gleiche Ursache führte auf der andern Seite einen Wolf herzu. Durch die Trennung des

Wassers gesichert und durch die Sicherheit höhnisch gemacht, rief das Schaf dem Räuber hinüber: «Ich mache dir doch das Wasser nicht trübe, Herr Wolf? Sieh mich recht an; habe ich dir nicht etwa vor sechs Wochen nachgeschimpft? Wenigstens wird es mein Vater gewesen sein.»

Der Wolf verstand die Spötterei; er betrachtete die Breite des Flusses und knirschte mit den Zähnen. «Es ist dein Glück», antwortete er, «dass wir Wölfe gewohnt sind, mit euch Schafen Geduld zu haben»; und ging mit stolzen Schritten weiter.

Christian Friedrich Daniel Schubart

Der Wolf und der Hund

Zum Hunde, der die ganze Nacht
An seiner Kette zugebracht
Und, wann der Tag zu grauen fing,
Aufs Gay[1] mit seinem Metzger ging,
Sprach einst ein Wolf: «Herr Bruder, wie so mager,
So schäbicht und so hager!
Du armer Hund!
Da sieh mich an, wie froh und wie gesund
Ich bin! – Ich rieche nach der Luft.
Mein Wolfsbalg atmet frischen Duft,
Ich fresse dir mit gleicher Lust, Herr Bruder,
Bald frisches Fleisch, bald Luder,
Denn leck' ich klaren Quell und bin
Den ganzen Tag von frohem Sinn.»
«Du aber, ach!» versetzte Melak, «ach!
Herr Bruder, nur gemach;
Drum bist du Wolf, ich Hund – du frei,
Ich aber in der Sklaverei.»

Und die Moral? – Oh, die ist jedermann bekannt
In Deutschland und in Engelland.

[1] Gay: Gau = Land; d. h. aufs Land reisen, um Schlachtvieh einzukaufen

Der Hahn und der Adler

Eine Fabel ohne Moral

Ein Fürst war einem Hahnen hold.
«Warum nicht gar! Was? Einem Hahnen?»
Ja, ja, er liebt' ihn mehr als seine Untertanen. –
Sein Kamm war Purpur, seine Federn Gold.
Dumm war er zwar, jedoch sein Kikriki
Galt an dem Hofe vor Genie.
Kein Höfling durfte sich erdreusten,
Dem Hahnen was zu tun. Ihn speisten
Prinzessinnen mit eigner Hand
Und schmückten seinen Hals mit einem goldnen Band.
Der Hofmann ehrte ihn, der oft vor Neid erstickte,
Wann sich die Dame niederbückte
Und er die Perlenschnur am Marmorarm bepickte.
An einem Morgen flog der Hahn
Hinab in Garten, schlug die Flügel
Und krähete von einem Rasenhügel
Den goldnen Morgen an.
Ein Adler flog vorbei. Der stolze Haushahn schrie
In seiner schmettrenden Trompetenmelodie:
«Wohin, Herr Bruder, schon so früh?
Quälst du dich noch mit Sonnenflug?
Zu deinem Glück ist's schon genug
An einem Hahnenflügelschlage.
Komm und geniesse goldne Tage!
Die Könige bewundern dich,
Dich speisen Fürstinnen mit hoher Hand wie mich.

Was willst du dich mit Donnerkeulen plagen?
Kann Zeus sie dann nicht selber tragen?»
«Schweig», sprach mit einem ernsten Blicke
Der Sonnenflieger zu dem Hahn,
«Ich fliege zu der Wolkenbahn;
Du aber bleibst im Staub zurücke.
Ein Schwätzer, leer wie du, ist's wert,
Dass ihn der goldne Höfling ehrt.
Ihr Beifall und ein Band ziemt deinem Hahnen-
witze;
Ich aber fliege zu dem Sitze
Des Donnerers und trage Blitze,
Und der Olympus sieht mich lächelnd an,
Selbst Vater Zeus, der donnern kann,
Gibt mir zum Lohne väterliche Blicke;
Dann eil' ich stolz zum Felsennest zurücke.
Und Teuts erhabner Bardenchor
Singt aus dem Eichenhain zu meinem Fels
empor.
Vor trunkner Wollust schlummr' ich hin
Und fühl's – dass ich ein Adler bin.»

Johann Wolfgang von Goethe

Adler und Taube

Ein Adlersjüngling hob die Flügel
Nach Raub aus;
Ihn traf des Jägers Pfeil und schnitt
Der rechten Schwinge Sennkraft ab.
Er stürzt' hinab in einen Myrtenhain,
Frass seinen Schmerz drei Tage lang
Und zuckt' an Qual
Drei lange, lange Nächte lang;
Zuletzt heilt' ihn
Allgegenwärt'ger Balsam
Allheilender Natur.
Er schleicht aus dem Gebüsch hervor
Und reckt die Flügel - ach!
Die Schwingkraft weggeschnitten -,
Hebt sich mühsam kaum
Am Boden weg,
Unwürd'gem Raubbedürfnis nach,
Und ruht tieftrauernd
Auf dem niedern Fels am Bach;
Er blickt zur Eich' hinauf,
Hinauf zum Himmel,
Und eine Träne füllt sein hohes Aug'.

Da kömmt mutwillig durch die Myrtenäste
Dahergerauscht ein Taubenpaar,
Lässt sich herab und wandelt nickend

Über goldnen Sand am Bach
Und rukt einander an;
Ihr rötlich Auge buhlt umher,
Erblickt den Innigtrauernden.
Der Tauber schwingt neugiergesellig sich
Zum nahen Busch und blickt
Mit Selbstgefälligkeit ihn freundlich an.
«Du trauerst», liebelt er;
«Sei guten Mutes, Freund!
Hast du zur ruhigen Glückseligkeit
Nicht alles hier?
Kannst du dich nicht des goldnen Zweiges freun,
Der vor des Tages Glut dich schützt?
Kannst du der Abendsonne Schein
Auf weichem Moos am Bache nicht
Die Brust entgegenheben?
Du wandelst durch der Blumen frischen Tau,
Pflückst aus dem Überfluss
Des Waldgebüsches dir
Gelegne Speise, letzest
Den leichten Durst am Silberquell –
O Freund, das wahre Glück
Ist die Genügsamkeit,
Und die Genügsamkeit
Hat überall genug.»
«O Weise!» sprach der Adler, und tief ernst
Versinkt er tiefer in sich selbst,
«O Weisheit! Du redst wie eine Taube!»

Friedrich Haug

Der Pfau und der Rabe

Ein Pfau und Rabe flogen um die Wette.
Ermattet blieb der Erst're bald zurück;
Allein, als ob er, bangend vor Gespötte,
Sich dieses Wetteflugs zu schämen hätte,
Rief der Verschmitzte, Hohn im Blick,
Voll demosthenischer Emphase:
«Zu meinem Glücke fällt mir ein:
Ich kann *mit dir* nicht Preisbewerber sein.
Schwarz bist du, hässlicher rings im Land
Als Unglücksvogel anerkannt,
Und lebst - mir ekelt - nur vom Aase.»
Der Rabe sprach: «Du feiger Wicht!
Von *meinen Eigenschaften* nicht,
Vom Fliegen ist allein die Rede;
Von einer Kunst, *so dir gebricht!*»

So greift nicht selten in gelehrter Fehde
Ein Hohlkopf die *Person des Weisen* an,
Wenn seine Schriften er nicht tadeln kann.

Wolf und Stachelschwein

Der Wolf begann zum Stachelschwein:
«Was soll dein eitles Dräun und Dröhnen
Mit hundert Bajonetten sein?

Lass ab! Wir wollen uns versöhnen.»
Doch jenes sprach: «Herr Fuchs-Wolf, nein!
Komm erst mit ausgebrochnen Zähnen;
Dann zieh' ich meine Stacheln ein.»

Die Fischotter und der Fuchs

Fischotter schalt: «O Fuchs, Tyrann,
Den selbst die Unschuld nicht erweichen kann!
Warum die Gäns' und Hühner grausam töten?»
Da rief der Fuchs verhöhnend: «Sprich!
Macht Neiden oder Mitleid dich,
Fischotter, jetzt zum Katecheten?»
«Das helle Mitleid. Um und um
Vermag kein Tier des Mordes mich zu zeihen.»
«Zu deinem Glücke sind die Fische stumm;
Doch könnten sie wie Gänse schreien,
Sie würden dich im Wasserteich
Unisono vermaledeien.»

Ihr Tadler, denkt zuerst an euch.

Arthur Schopenhauer

Der Apfelbaum und die Tanne

Hinter einem in seiner vollen Blütenpracht ausgebreiteten Apfelbaum erhob eine gerade Tanne ihren spitzen dunklen Gipfel. Zu dieser sprach jener: «Siehe die Tausende meiner schönen muntern Blüten, die mich ganz bedecken! Was hast du dagegen aufzuweisen? Schwarzgrüne Nadeln.»

«Wohl wahr», erwiderte die Tanne, «aber wenn der Winter kommt, wirst du entlaubt dastehn; ich aber werde sein, was ich jetzt bin.»

Franz Grillparzer

Diplomatischer Rat

Ein Marder frass die Hühner gern,
Doch wusst' er nicht, wie sie erhaschen;
Er fragt den Fuchs, 'nen alten Herrn,
Dem Steifheit schon verbot das Naschen.
Der sagt ihm: «Freund, der Rat ist alt,
Was hilft zu zögern, brauch Gewalt!»
Der Marder stürmt in vollem Lauf,
Die Hühner aber flattern auf,
Die eine gackernd, kreischend jene,
Gerade in des Fuchses Zähne,
Der gegenüber lauernd lag
Und mühlos hielt den Erntetag.

Wenn du nach Hühnern lüstern bist,
Frag keinen, der sie selbst gern frisst.

Orientalischer Kongress

Der Esel und der Wolf im Streit,
Sie greifen zum Gewehr,
Da treten als Vermittler ein
Die Nachbarn ringsumher:
Der Stockfisch und das Murmeltier,
Der Marder und der Fuchs,
Dem Langohr nah und fern verwandt,

Sie bieten Hilfe flugs.
Doch dreinzuschlagen, eh' es not,
Wär' eben auch zu toll;
Man zieht dem Esel ab die Haut
Und schreibt ein Protokoll.

Fabel

Der Rabe sass auf einem hohen Baume und hielt ein Heiratsprojekt im Schnabel. Der Fuchs, von dem fetten Geruche angelockt, schlich herbei, stellte sich unter den Baum, hob den Kopf und sprach: «Du schöner Vogel! Mit Unrecht nennt man dich schwarz, du hast vielmehr eine grössere Ähnlichkeit mit dem Pfau, als du selbst weisst. Wenn du nur auch Prinzipien hättest.» Der Rabe wollte «Legitimität» krächzen, öffnete den Schnabel, und das Heiratsprojekt fiel herab. Der listige Preusse aber hob es auf und lief davon.

Marie von Ebner-Eschenbach

Das Blatt

Vom Winde getrieben flog ein welkes Blatt neben einem Vogel durch die Luft.

«Sieh», raschelte es triumphierend, «ich kann fliegen wie du.»

«Wenn du fliegen kannst, so mache mir das nach!» antwortete der Vogel, wandte sich und steuerte mit kräftigem Flügel gegen den Wind.

Das Blatt aber wirbelte ohnmächtig dahin, bis sein Träger plötzlich den Atem anhielt und es in ein Bächlein fallen liess, das klar und munter durch den Wiesengrund jagte. Nun segelte das Blatt auf den Wellen und gluckste den Fischen zu: «Seht mich an, ich kann schwimmen, wie ihr!»

Die stummen Fische widersprachen ihm nicht; da blähte es sich auf und meinte: «Das sind anständige Kreaturen, die lassen einen doch gelten!» Weiter glitt es und merkte nicht, wie es dabei aufquoll und schon faul war durch und durch.

Wertbestimmung

In einen mit Kreuzern gefüllten Sack geriet zufällig einmal ein Dukaten. Nachdem er einige Zeit bei ihnen geweilt hatte, sagten sie: «Wir

müssen unserem Gastfreunde einen Rang anweisen, lasst uns denn zuvor seinen Wert bestimmen.»

Die alten, die Patinierten, traten zusammen, berieten lange und brachten es endlich zu dem Vorschlage: «Der gelbe Bursche ist zwar schwächlich, doch beantragen wir, ihn um seines hellen Klanges und seiner feinen Legierung willen ebenso viel gelten zu lassen wie unsereinen.»

«Von meinesgleichen werde ich höher gehalten», wagte der Dukaten einzuwenden, und sogleich brachen die neuen, blanken Kreuzer, die schon über den Vorschlag der alten gemurrt hatten, in einen Sturm des Unwillens aus.

«Was geht uns an, wie deinesgleichen dich schätzen», riefen sie. «Im Kupferlande gilt das Gold ein für allemal - nichts.»

Das wurde zum Gesetz erhoben.

Wilhelm Busch

Fink und Frosch

Im Apfelbaume pfeift der Fink
sein: pinkepink!
Ein Laubfrosch klettert mühsam nach
bis auf des Baumes Blätterdach
und bläht sich auf und quakt: «Ja, ja!
Herr Nachbar, ik bin och noch da!»

Und wie der Vogel frisch und süss
sein Frühlingslied erklingen liess,
gleich muss der Frosch in rauhen Tönen
den Schusterbass dazwischen dröhnen.

«Juchheija, heija!» spricht der Fink,
«fort flieg' ich flink!»
Und schwingt sich in die Lüfte hoch.

«Wat!» ruft der Frosch, «dat kann ik och!»
Macht einen ungeschickten Satz,
fällt auf den harten Gartenplatz,
ist platt, wie man die Kuchen backt,
und hat für ewig ausgequakt.

Wenn einer, der mit Mühe kaum
geklettert ist auf einen Baum,
schon meint, dass er ein Vogel wär',
so irrt sich der.

Ein dicker Sack

Ein dicker Sack – den Bauer Bolte,
der ihn zur Mühle tragen wollte,
um auszuruhn, mal hingestellt
dicht an ein reifes Ährenfeld –
legt sich in würdevolle Falten
und fängt 'ne Rede an zu halten.

«Ich», sprach er, «bin der volle Sack.
Ihr Ähren seid nur dünnes Pack.
Ich bin's, der euch auf dieser Welt
in Einigkeit zusammenhält.
Ich bin's, der hoch vonnöten ist,
dass euch das Federvieh nicht frisst;
ich, dessen hohe Fassungskraft
euch schliesslich in die Mühle schafft.
Verneigt euch tief, denn ich bin der!
Was wäret ihr, wenn ich nicht wär'?»

Sanft rauschen die Ähren:
«Du wärst ein leerer Schlauch,
wenn wir nicht wären.»

Bewaffneter Friede

Ganz unverhofft, an einem Hügel,
sind sich begegnet Fuchs und Igel.

«Halt», rief der Fuchs, «du Bösewicht!
Kennst du des Königs Ordre nicht?
Ist nicht der Friede längst verkündigt,
und weisst du nicht, dass jeder sündigt,

der immer noch gerüstet geht?
Im Namen Seiner Majestät
geh her und übergib dein Fell!»

Der Igel sprach: «Nur nicht so schnell!
Lass dir erst deine Zähne brechen,
dann wollen wir uns weitersprechen!»

Und alsogleich macht er sich rund,
schliesst einen dichten Stachelbund
und trotzt getrost der ganzen Welt,
bewaffnet, doch als Friedensheld.

Franz Kafka

Kleine Fabel

«Ach», sagte die Maus, «die Welt wird enger mit jedem Tag. Zuerst war sie so breit, dass ich Angst hatte, ich lief weiter und war glücklich, dass ich endlich rechts und links in der Ferne Mauern sah, aber diese langen Mauern eilen so schnell aufeinander zu, dass ich schon im letzten Zimmer bin, und dort im Winkel steht die Falle, in die ich laufe.»

«Du musst nur die Laufrichtung ändern», sagte die Katze und frass sie.

Nachwort

I.

«Nach diesen sämtlichen Erfordernissen wollte man nun die verschiedenen Dichtungsarten prüfen, und diejenige, welche die Natur nachahmte, so dann wunderbar und zugleich auch von sittlichem Zweck und Nutzen sei, sollte für die erste und oberste gelten. Und nach vieler Überlegung ward endlich dieser grosse Vorrang, mit höchster Überzeugung, der Äsopischen Fabel zugeschrieben.

So wunderlich uns jetzt eine solche Ableitung vorkommen mag, so hatte sie doch auf die besten Köpfe den entschiedensten Einfluss. Dass Gellert und nachher Lichtwer sich diesem Fache widmeten, dass selbst Lessing darin zu arbeiten versuchte, dass so viele andere ihr Talent dahin wendeten, spricht für das Zutrauen, welches sich diese Gattung erworben hatte.»

Die von Goethe in «Dichtung und Wahrheit» (2.Teil, 7. Buch) mit Erstaunen notierte Tatsache, dass die Fabel nicht nur in hohem Ansehen steht, sondern als die höchste Dichtungsart überhaupt gilt, wird vor allem im 18. Jahrhundert deutlich.

Lessing, der sich sein ganzes Leben mit der Fabel beschäftigte, schätzt die Gattung, weil sie am «gemeinschaftlichen Raine der Poesie und Moral» angesiedelt ist. Johann Jacob Breitinger sieht in ihr eine «besondere Quelle des Ergötzens in der Beredtsamkeit und Poesie». Gellert, der neben Gleim die schönsten Fabeln dieses Jahrhunderts geschrieben hat, glaubt, dass die Fabel, als «älteste Spur des menschlichen Witzes», nützt, indem sie vergnügt. Deshalb verfolgt er mit seinen eigenen Fabeln die Absicht, gleichzeitig zu vergnügen und zu unterrichten. Wie sehr ihm das gelungen ist, spiegelt sich in der Anekdote von dem Bauern, der Gellert ein Fuder Holz schenkte mit dem Kommentar: «Als Anerkennung für die schönen Fabeln des Herrn Professor.»

Breitinger fragt in seiner «Critischen Dichtkunst» (1840), warum die Fabel so beliebt ist, und zählt einige Gründe dafür auf. Die Fabel weckt mit der Erzählung unsere Neugier: sie appelliert an das Pflichtbewusstsein, und sie kommt unserer Tadelsucht entgegen; sie reizt den Scharfsinn und fördert zudem die Selbstreflexion.

Dass die Fabel der Charaktererziehung dient und das Urteilsvermögen stärkt, wurde bereits im 16. Jahrhundert als besonderer Wert hervorgehoben. Da sie nach dem Urteil von Melanchthon ausserdem vor allem dem Verständnis der Heiligen Schrift dient, räumt der Praeceptor Germaniae der Fabel eine bevorzugte Stellung im Unterricht ein. Wenn die Schüler lesen können, «sol der schulmeister [...] auslegen die fabulas Esopi erstlich», empfiehlt Melanchthon im «Unterricht der Visitatoren» (1528), und er weist auch in den Schulordnungen für Eisleben und Herzberg nachdrücklich auf die Behandlung der Fabel hin.

Für die Schule gebe es ausser der Bibel keine besseren Bücher als «des Catonis scripta und die Fabulas Aesopi», sagt Martin Luther in den Tischreden und rückt auch in der Vorrede zu seiner eigenen Fabelsammlung den Esopus in erstaunliche Nähe zur Heiligen Schrift. Er kenne «ausser der heiligen Schrifft nicht viel Buecher, die diesem uberlegen sein solten, so man Nutz, Kunst und Weisheit und nicht hochbedechtig Geschrey wolt ansehen».

II.

Der Streit um das Ursprungsland der Fabel wurde nicht entschieden, und niemand kann mit Sicherheit sagen, ob die Fabel der griechischen Antike oder die des alten Orients die ursprüngliche ist. Sicher ist jedoch, dass Äsop nicht der «Erfinder» und auch nicht der erste Erzähler von Fabeln war, obwohl sich der Name des sagenumwobenen phrygischen Sklaven untrennbar mit der literarischen Gattung verbunden hat.

Aber die Fabel ist – ebenso wie andere parabolische Formen, beispielsweise die Fabel des Alten Testaments oder die Gleichnisse Jesu – ursprünglich keine literarisch fixierte Gattung, sondern eine Form der Rhetorik. Als rhetorisches Mittel wurde sie verwendet, um eine persönliche oder eine allgemein bedeutsame Situation durch eine bildhafte Geschichte zu veranschaulichen und zugunsten des Redners zu beeinflussen.

Deshalb sind auch die ältesten Fabeln so schlecht und in widersprüchlichen Fassungen überliefert. Es bestand kein Interesse, diese für eine konkrete Situation erfundenen Geschichten schriftlich zu fixieren und der Nachwelt zu überliefern.

Erst später wurden sie gesammelt, von den vermeintlichen Unzüchtigkeiten und Zoten und damit zugleich von allem Urwüchsigen gereinigt, politisch abgeschwächt, moralisiert und für Kinder zubereitet. Ursprünglich waren sie ein Kampfmittel, ein Mittel der Rhetorik in der geistigen Auseinandersetzung. Die antike Geistesgeschichte und die deutsche Sozialgeschichte kennen genügend Beispiele - real oder fiktiv - für ihren Erfolg. Aber auf eine Erfolgsstatistik kann es letztlich nicht ankommen. Auch Äsop wurde trotz seiner Fabeln vom Felsen gestürzt. Entscheidend ist, dass mit der Fabel als einem vergleichsweise bescheidenen Mittel Argumente gegen Macht und Unterdrückung, Überzeugungskraft gegen Rechthaberei, die sanfte Gewalt der Vernunft gegen die Brutalität der Unvernunft gesetzt wird.

In seinem Gedicht «Die Macht der Fabel» beschreibt La Fontaine, wie ein Redner dem Volk von Athen die Gefahr, in der das Land schwebt, erklären will, sich aber vergeblich bemüht, die Aufmerksamkeit der Volksmenge zu gewinnen. «Was tat der Redner? Ihm half ein Kniff.» Er erzählt eine Fabel und erringt damit das Interesse seiner Zuhörer. La Fontaines Gedicht endet mit der Feststellung:

«Die Versammlung, durch die Fabel erweckt,
bei diesem Tadel aufgeschreckt,
gab sich ganz in des Redners Bann:
da sieht man, was die Fabel kann.»

Ähnliche Situationen werden auch schon im «Volksbuch vom Philosophen Xanthos und seinem weisen Sklaven Aisopos» und in dem später aus diesem Volksbuch entstandenen Äsop-Roman geschildert.

Der Philosoph Xanthos kauft den körperlich missgestalteten Sklaven Äsop, weil er von seinen schlagfertigen Antworten beeindruckt ist. Äsop erweist sich als ein geistvoller und witziger Berater des Philosophen. Vor dem ganzen Volk weist er auf die Naturwidrigkeit und Ungerechtigkeit der Sklaverei hin, erringt sich dadurch seine Freiheit und wird zum politischen Ratgeber. Um seine Mitbürger vor den Boten des Königs Krösus zu warnen, erzählt er ihnen die Fabel von den Schafen, Hunden und Wölfen. Freiwillig begibt er sich dann zu Krösus, erzählt ihm die Fabel von der Grille und bewirkt, dass der König auf die Besetzung der Insel Samos verzichtet. Danach zieht der ehemalige Sklave wie ein Wanderprediger durch die Lande. In Delphi gerät Äsop in Auseinandersetzungen mit der Geistlichkeit, die den Einfluss seines Wortes auf das Volk fürchtet. Er wird heimlich verhaftet, verleumdet, fälschlich des Tempelraubes bezichtigt, «als ainen ungültigen kirchenbrecher» verurteilt und vom Felsen gestürzt.

Der Äsop-Roman zeigt, dass die Fabeln des Äsop untrennbar mit seiner Lebensgeschichte verknüpft sind, da er jeweils in einer konkreten Situation aus einem gegebenen Anlass seine Fabeln erzählt.

Die Delpher, die Äsop aus dem Gefängnis holen, um ihn zu töten, hören die Fabel von Frosch und Maus. Als ihn die Verfolger aus dem Tempel des Apoll zerren, in dem Äsop Zuflucht gesucht hatte, erzählt er ihnen die Fabel von Adler und Mistkäfer. Auf dem Weg zum Felsen lernen die Delpher die Fabel von der Jungfrau und dem Bauern und die Fabel von dem Bauern und den Eseln kennen.

Typisch ist auch hier wieder der Kontext, der in den Fabelsammlungen nicht mitüberliefert wird. «O ihr Männer, deren Wut nicht zu bändigen ist, da ich euch auf keine Weise überreden kann, so hört folgende Fabel.» Und nachdem Äsop den Delphern die Geschichte von dem Bauern, der von Eseln zertreten wird, erzählt hat, stellt er den Bezug zum eigenen Schicksal her. «Das gleiche Urteil widerfährt auch mir. Denn ich gehe zugrunde nicht durch angesehene und ruhmvolle Männer, sondern durch unnütze und elende Sklaven.»

So wie Äsop hier mit der Fabel für sich selbst kämpft, nutzt er bei vielen anderen Gelegenheiten die Fabel im Kampf für die unterdrückten Mitmenschen.

III.

Ende des 15. Jahrhunderts wurden die griechisch-römischen und die indisch-arabischen Fabeln ins Deutsche übersetzt. Graf Eberhard von Württemberg – nach den Worten von Kaiser Maximilian «ein Fürst, welchem ich im ganzen römischen Reich an Verstand und Tugend keinen zu vergleichen weiss» – gab den Auftrag zur Übersetzung der orientalischen Fabeln. Der Übersetzer Hans Pforr nannte sein Werk «das buch der byspel der alten wysen von geschlechten der welt» (d. h. das Buch der Beispiele der alten heidnischen Weisen – im Gegensatz zu den jüdischen) und grenzte damit gegenüber den Fabeln des Alten Testaments ab.

Einige Jahre vorher war die Übersetzung der griechisch-römischen Fabeln des Ulmer Arztes Heinrich Steinhöwel erschienen und als zweisprachige (lateinisch-deutsche) und mit Holzschnitten illustrierte Ausgabe bei Johannes Zainer in Ulm verlegt worden.

Mehr noch als das «Buch der Beispiele» erregte 1476 der «Esopus» von Steinhöwel über Deutschlands Grenzen hinaus grosses Aufsehen. Der erste der vielen Nachdrucke erschien bereits ein Jahr später bei Günter Zainer in Augsburg.

Der «Esopus» ist die Grundlage für die Fabelsammlungen der folgenden Zeit; er regte auch Martin Luther zur Übersetzung und Bearbeitung der Äsopischen Fabeln an.

Luther nutzte die unfreiwillige Mussezeit auf

der Coburg während des Augsburger Reichstags von 1530 nicht nur zur Bibelübersetzung, sondern auch für eine neue Übersetzung der Äsopischen Fabeln. Anlass dafür war der Ärger über Steinhöwels Werk, das Luther zwar als den «deutschen Äsop» in seiner Bedeutung voll anerkannte, das er aber zugleich als unzüchtig und zotig verurteilte. Ausrotten möchte er diesen schändlichen «deutschen Äsop» mit Texten, die von Säuen geschrieben und nur für das Wirtshaus und Frauenhaus geeignet seien.

Wer Luthers Schriften, im besonderen die Tischreden kennt, wird überrascht sein über diese Empfindlichkeit des Reformators gegenüber dem derben Wort und der gemeinen (Luther übersetzte in anderm Zusammenhang mit Recht: allgemeinen) Sprache der alten und urwüchsigen Fabel.

Die empfindliche Reaktion erklärt sich aus Luthers Intention. Er will eine für Jugend und Schule geeignete Übersetzung der Fabeln des Äsop schreiben. Und er hofft, dass auch der Hausvater bei Tisch mit Frau und Kind, Knecht und Magd solche Fabeln bespreche.

Mit Luthers Fabelübersetzung beginnt in Deutschland die Pädagogisierung der Fabel, die dann im Zeitalter der Aufklärung zu einer Literarisierung führte und über Lessing, dessen Fabeltheorie die didaktische Literatur prägte, zur Verengung und teilweise zu einer Verfälschung der echten Fabel führte.

IV.

Man muss die Menschen «betriegen zur warhait», schreibt Martin Luther in der Vorrede zu seiner Fabelsammlung von 1530. Jeder Mensch hasse die Wahrheit, sobald sie ihn selber betreffe. Selbst aus dem Mund eines Weisen wolle sie keiner hören. Da man aber auf die Wahrheit nicht verzichten kann, sei die Fabel erfunden worden, damit durch den Mund eines Tieres gesagt werde, was man durch Menschenmund nicht hören will. So kann man die Menschen gegen ihren Willen zur Erkenntnis der Wahrheit zwingen, indem man die an sich unerträglichen Wahrheiten in einen Tierwanst, in ein Narrengewand kleidet.

Die Vorstellung von der Fabel als eingekleideter Wahrheit ist in der Geschichte der Fabeltheorie von zentraler Bedeutung.

Das 18. Jahrhundert, in dem die meisten Fabeln geschrieben wurden und am umfassendsten über das Wesen der Fabel nachgedacht worden ist, hat eine Fülle von poetologischen Gedichten und allegorischen Darstellungen hervorgebracht, in denen dieses Thema, teilweise sehr genüsslich, behandelt wird.

Da zieht die Fabel als Göttin durch die Lande, wird von Räubern ihrer vielen und kostbaren Gewänder beraubt und bewirkt nun als nackte Wahrheit ein so grosses Erschrecken, dass ihr die Räuber die Kleider zurückgeben. «Man geb' ihr ihre Kleider wieder; / Wer kann Wahrheit nackend sehn?» (Lichtwer)

Nachdem die Welt ihren ursprünglichen

Glanz verloren und der Weisheit und Redlichkeit abgesagt hatte, herrschte die Lüge. Die nackte Wahrheit aber, die vorher anerkannt und mächtig war, galt nun als freches Weib und wurde verjagt. Daraufhin zog sie sich den «Rock der Lügen» an. «Blieb Wahrheit nach wie vor und ging nur wie die Lügen, / Die Menschen sahen sie, und sahn sie mit Vergnügen. / Und wer sich bis anher an ihrer Blösse stiess, / Der nahm die Wahrheit an, die jetzo Fabel hiess.» (Lichtwer)

So hat die Wahrheit ihre unbeschränkte Macht bewahrt. Ihre Wirkung ist gewaltig und umfassend; denn die Fabel wendet sich an Kind und Greis, an Bürger und König; sie wirkt selbst auf «Räuber» und führt sie zur Einsicht und Besserung.

Die Fülle der Kleider in Lichtwers allegorischen Gedichten weist auf die vielen Möglichkeiten, die Wahrheit einzukleiden, auf die Vielgestaltigkeit der Fabel. Die ganze belebte und unbelebte Natur - von der Maus bis zum Löwen, vom Stein bis zum Felsen - dient als Einkleidung.

Ähnliche Gedanken, wie sie bei Lichtwer allegorisch umschrieben erscheinen, finden wir, nüchtern und direkt ausgesprochen, auch bei Lessing.

Der Fabeldichter, sagt Lessing, wendet sich nicht an unsere Leidenschaften, sondern an unsere Erkenntnis, und zwar mit der Absicht, uns von einer moralischen Wahrheit zu überzeugen. Diese Erkenntnis ist eine anschauende, und die Fabel ist ein «Exempel der praktischen

Sittenlehre». Aus der erdichteten Geschichte muss der Leser den moralischen Satz leicht erkennen können. Deshalb lehnt Lessing die Ausdrücke «versteckt» und «verkleidet» ab, da sie die Vorstellung eines mühsamen Erkennens erwecken, und lässt nur den Ausdruck «eingekleidet» gelten.

Obwohl sie in Deutschland im 16. und 18. Jahrhundert ganz besonders geschätzt wurde, lässt sich die Fabel nicht auf Theorien der Reformation und Aufklärung einengen. Ihre Bedeutung reicht von der Antike bis zur Moderne über die Jahrhunderte, Ländergrenzen und Konfessionen hinweg. Sie wird im reformatorischen Kampf von Luther, Waldis, Alberus genutzt und ist zugleich von besonderer Relevanz in der Pädagogik der Jesuiten. Abraham a Sancta Clara, der wegen seiner volkstümlichen, kraftvollen und bildhaften Predigten als berühmtester Kanzelredner des Barock und als eines der grössten oratorischen Talente gilt, schätzte die Fabel und flocht sie oft zur Veranschaulichung in seine Predigten ein.

Die Fabel ist in der Schule des Mittelalters ebenso beliebt wie in den griechischen Rhetorenschulen. In der Schule des deutschen Mittelalters dient sie nicht nur dazu, das Schreiben und Lesen zu erlernen, sondern vor allem um das Gedächtnis zu üben und die Ausdrucksfähigkeit zu stärken. Ebenso bietet die Fabel in den griechischen Rhetorenschulen nicht nur Stoff zum Auswendiglernen; sie ist von besonderer Bedeutung für sprachlich-stilistische Übungen und für die Ausdrucksschulung.

V.

Knapp, gezielt und pointiert muss die Fabel sein, wenn sie die gewünschte Wirkung erreichen soll. Das hat vor allem Lessing hervorgehoben und die «lustige Schwatzhaftigkeit» La Fontaines, die von seinen deutschen Nachahmern noch übertroffen werde, kritisiert. Lessing bezeichnet die Kürze als «Seele der Fabel» und die Schmucklosigkeit als ihren «vornehmsten Schmuck».

Vergleicht man etwa die knappen Texte Martin Luthers mit denen seiner Zeitgenossen, so erkennt man, wie die Fabel durch Ausschmückungen - beispielsweise durch die ausführlichen Zeit- und Ortsangaben - in die Nähe des Tierepos (Erasmus Alberus, Burkard Waldis) oder des Schwanks (Hans Sachs) gerät. Die Erzählfreude kann aber auch, wie bei vielen orientalischen Fabeln, in die Nähe des Märchens führen. Die märchenhaften oder schwankhaften Züge beeinträchtigen die Wirkung; durch die Schilderung unwichtiger Details entsteht ein Rankenwerk, das schön ist und den Zuhörer erfreut, aber die Absicht der Fabel verbirgt.

Lessing hat das in der Geschichte vom Besitzer des Bogens veranschaulicht.

«Ein Mann hatte einen trefflichen Bogen von Ebenholz, mit dem er sehr weit und sehr sicher schoss und den er ungemein wert hielt. Einst aber, als er ihn aufmerksam betrachtete, sprach er: ‹Ein wenig zu plump bist du doch! Alle deine

Zierde ist die Glätte. Schade! - Doch dem ist abzuhelfen›, fiel ihm ein. ‹Ich will hingehen und den besten Künstler Bilder in den Bogen schnitzen lassen.› Er ging hin; und der Künstler schnitzte eine ganze Jagd auf den Bogen; und was hätte sich besser auf einem Bogen geschickt als eine Jagd? - Der Mann war voller Freuden. ‹Du verdienst diese Zieraten, mein lieber Bogen!› Indem will er ihn versuchen; er spannt, und der Bogen - zerbricht.»

Zweck des Bogens ist das Schiessen und nicht das vergnügliche Anschauen. Der glatte, schlichte Bogen schiesst scharf und sicher. Wird er jedoch seinem Zweck entfremdet und mit Schnitzwerk verziert, so zerbricht er. Der Zweck der Fabel ist die Belehrung und nicht die Unterhaltung. Die kurze, prägnante Fabel trifft. Wenn man sie jedoch ihrem Zweck entfremdet und ausschmückt, nimmt man ihr die Wirkung.

Lessings Geschichte vom Besitzer des Bogens macht noch etwas anderes deutlich. Die Fabel ist auf einen Höhepunkt hin angelegt, der am Ende steht und die entscheidende Aussage enthält. Auf diese Weise wird die Spannung bis zum letzten Wort erhalten. Das letzte, durch Gedankenstrich abgetrennte Wort birgt ein Überraschungsmoment. Der Leser, der sich mit dem Besitzer über die Verschönerung des Bogens gefreut hatte, wird enttäuscht.

Eine solche *Pointe* finden wir in vielen Fabeln, besonders eindrucksvoll in Kafkas Geschichte von Katze und Maus. Lessings Zeitgenosse Breitinger zählt diesen unerwarteten

Ausgang zu den Elementen der Fabel, die er zusammenfassend als das «Wunderbare» bezeichnet. Und dieses Wunderbare hält er für notwendig, um die Aufmerksamkeit des Lesers zu gewinnen. So treffend Breitingers Feststellung ist, das Wichtigste fehlt. Denn entscheidend ist, dass durch dieses Überraschungsmoment am Ende der Fabel der Leser zum Umdenken genötigt werden soll. Ist er daran gewöhnt, dass der Starke den Schwachen zertreten kann, weil er ihn nicht braucht, so zeigt die Fabel von Löwe und Maus das Gegenteil. Glaubt er, dass man mit Hinterlist am besten zum Ziel kommt, so veranschaulicht ihm der unerwartete Ausgang der Fabel von Frosch und Maus die Gefahr. Ist er der Meinung, dass sprichwortgetreu auf einen groben Klotz ein grober Keil gehört, so überrascht ihn die sanfte Antwort der Ähren in der Fabel «Ein dicker Sack» von Wilhelm Busch.

VI.

Wenn man von der äsopischen Fabel spricht, denkt man im allgemeinen an die Tierfabel und engt damit unstatthaft ein. Denn der Bildteil der Fabel umfasst die gesamte belebte und unbelebte Natur, Menschen- und Götterwelt, und es ist grundsätzlich gleichgültig, ob in einer Fabel Wolf und Lamm miteinander reden oder ob ein Sack mit den Ähren spricht.

Dass der Fabelerzähler Tiere als Akteure bevorzugt, hat besondere Gründe.

Naturkundliche Betrachtungen und entsprechende Theoreme zu Naturordnung und Naturgesetz, wie sie im 19. Jahrhundert von Herder, Grimm, Hegel u. a. aufgestellt werden, zeigen die Gefahr der Anthropomorphisierung; sie führen zum Tiermärchen, zum Tierepos, zur anthropomorphen Tiergeschichte und von der Fabel weg.

Eine gewisse Berechtigung dagegen haben Überlegungen, die auf das fabulöse Moment, auf das «Wunderbare» (Breitinger) oder das «Unglaubliche» (Triller) der Fabel weisen. Breitinger sieht im Auftreten von Tieren in der Fabel einen besonderen Reiz, weil durch dieses «Wunderbare» die Aufmerksamkeit mehr geweckt werde, als wenn Menschen auftreten.

Lessing hat jedoch gegen Breitingers Theorie mit Recht eingewandt, dass das Wunderbare seine Wirkung verliert, wenn es häufig erscheint. Nur bei den ersten Fabeln, die man kennenlernt, wirkt das Auftreten von Tieren sonderbar, später nicht mehr.

Tiere sind die bevorzugten Akteure der Fabel, weil man sie nicht mehr zu beschreiben braucht. Es gibt bestimmte Eigenschaften und Verhaltensweisen, die für Fabeltiere typisch sind und die man auch in Sprichwörtern, Redensarten und in der Heraldik findet. Mit den naturkundlichen Erkenntnissen brauchen sie nicht übereinzustimmen, weil die Fabeltiere von Menschen zur Belehrung für Menschen geschaffen wurden. Nicht der «listige» Fuchs, sondern der Delphin hat nach dem Menschen den höchsten Intelligenzquotienten und ist wie kaum ein anderes Tier dressierbar. Trotzdem erscheint er in der Fabel fast nie. Und auch der Affe ist trotz der vermeintlichen Verwandtschaft mit dem Menschen in der Fabel erheblich seltener vertreten als die klassischen Fabeltiere Fuchs, Wolf, Löwe und Esel. Es geht in der Fabel um das anschauliche Bild, und es ist dem Hörer oder Leser der Fabel ziemlich gleichgültig, ob dieses Fabeltierbild dem naturkundlichen Wissen entspricht. Es ist ihm beispielsweise gleichgültig, ob die Vorliebe des Fabelfuchses für Käse und Weintrauben mit unseren naturkundlichen Erkenntnissen übereinstimmt.

Vor allem aber ist es das Animalische, das die Vorliebe für Tiere in der Fabel erklärt. «Das Animalische ist keine Verkleidung, sondern Substanz. [...] Es gibt kein besseres Mittel, den Menschen aus seinem Grössenwahn herunterzuholen, als dadurch, dass man ihn an seine Animalität erinnert.» (Theophil Spoerri)

Die Fabeltiere sind jedoch nicht auf bestimmte menschliche Eigenschaften festgelegt. Dass in der Fabel der Fuchs der Listige, der Wolf der Gierige, der Löwe der Machthungrige, der Esel der Dumme ist, kann im Einzelfall zutreffen, gilt aber nicht grundsätzlich. Auch sprichwörtliche Wendungen wie etwa die vom aufgeblasenen *Frosch* sind meistens nur an einem bestimmten Fabelmotiv orientiert. Die alte Fabel von Frosch und Ochse und Wilhelm Buschs Fabel von Fink und Frosch zeigen in ähnlicher Weise, welche gefährlichen Folgen Einbildung und Überheblichkeit haben können. Im Gegensatz dazu geht es aber in der alten Fabel von Frosch und Maus um die Hinterlist, die bestraft wird, nicht um das Aufblasen, das auch durch einen dicken Sack veranschaulicht werden kann.

Erst durch die jeweilige Gegenüberstellung erfolgt die nähere Bestimmung des einzelnen Fabeltieres, die sehr unterschiedlich sein kann. Dasselbe Tier kann in verschiedenen Fabeln für ganz verschiedene menschliche Eigenschaften und Verhaltensweisen stehen. So erscheint der *Wolf* in der Fabel von Wolf und Lamm als der Mächtige, der den unschuldigen Schwachen vernichtet und sich dabei noch den Schein des Rechts gibt. In der Fabel von Wolf und Hund dagegen steht der Wolf für den freien Menschen, der lieber Entbehrungen auf sich nimmt, als im Wohlstand und zugleich unter dem Joch zu leben wie der Hund. Die Fabel von Wolf und Kranich zeigt den Wolf als den Undankbaren. In den meisten Fabeln, die von Wolf und Fuchs handeln, wird der Wolf als töricht und plump dargestellt.

Der Akteur einer Fabel wird bestimmt durch den Gattungsnamen (Wolf, Fuchs usw.), die Kontrastfigur, die Art der Rede und die Handlungsweise. Es wird kein Charakter gezeigt und ebenfalls kein Typus, sondern eine bestimmte menschliche Eigenschaft. Nur so ist es möglich, dass sich der Leser in den verschiedensten Fabeln wiedererkennen kann.

Deshalb darf man nicht von einer Typisierung der Figuren als einer Eigenart der Fabel sprechen, wie es beispielsweise Jacob Grimm tut. Die Typenlehre ist aber auch deshalb verfehlt, weil der Typisierung der Figuren im Bildteil die Unveränderbarkeit der Charaktere im Sachteil entsprechen würde. Das aber führt die Fabel ad absurdum. Denn wenn uns eine Fabel nicht mehr zu sagen hat als die bekannte Tatsache, dass der Mensch listig ist wie ein Fuchs, gierig wie ein Wolf, machthungrig wie ein Löwe und dumm wie ein Esel, dann hat sie uns nichts mehr zu sagen. Mag sein, dass sich der Esel in der Natur nicht oder kaum ändern kann. Wenn aber in einer Fabel der Mensch mit einem Esel verglichen wird, dann geschieht es immer in der Absicht, dass der Leser dieser Fabel sein Verhalten als «eselhaft» erkennt und ändert. Denn die Fabel ist nicht statisch, sondern dynamisch. Sie konstatiert nicht, sondern provoziert und drängt auf Veränderung.

Es ist nicht zufällig, dass das Fabelmotiv vom *Esel in der Löwenhaut* in der griechisch-römischen Antike ebenso beliebt war wie im Orient (hier erscheint der Esel in der Tigerhaut) und bis in die Gegenwart nicht an Reiz verloren hat. In dieser Fabel geht es nicht darum, dass der Esel – im Sinne einer verfehlten Typenlehre – dumm ist und dumm bleibt, sondern dass er sich selbst erkennt und im Einzelfall sieht, was sein Verhalten töricht macht. Deshalb soll er sich häuten, d. h. er soll die Löwen- oder Tigerhaut oder andere Häute, die ihm nicht passen und ihn lächerlich machen, ablegen und sich zu seiner eigenen Haut bekennen. Dann bleibt er zwar auch weiterhin ein Esel, aber ein kluger. Und damit wird die verfehlte Typenlehre ad absurdum geführt, weil unter den Fabeltieren ebenso wie unter den Menschen jeder Esel klug werden kann, wenn er sich selbst erkennt.

Helmut Arntzen, einer der klügsten Fabelschreiber der Gegenwart, hat das folgendermassen formuliert:

«Der Esel in der Löwenhaut kam zu den
Schlangen.
‹Stark bin ich. Wie werde ich klug?› fragte er.
‹Häute dich›, rieten die Schlangen.
‹Aber dann bin ich ja wieder der alte Esel.›
‹Alle Klugheit›, sagten die Schlangen, ‹beginnt
mit der Selbsterkenntnis!›»

Reinhard Dithmar

Quellenverzeichnis

Äsop
Fabeln. Zusammengestellt und ins Deutsche übertragen von A. Hausrath, Urtext und Übertragung. Heimeran, München 1940

Babrios
Babrius' Fabeln. Übersetzt in deutschen Choliamben von W. Hertzberg. Halle (Saale) 1846

Phädrus
Äsopische Fabeln. Deutsch von J. Siebelis. Berlin o.J.

Avianus
Aviani Fabulae. Recensuit A. Guaglianone. Paravia, Torino 1958

Romulus
Der lateinische Äsop des Romulus und die Prosafassungen des Phädrus. Kritischer Text mit Kommentar und einleitenden Untersuchungen von G. Thiele, Heidelberg 1910

Pantschatantra
Fünf Bücher indischer Fabeln, Märchen und Erzählungen. Aus dem Sanskrit übersetzt, mit Einleitung und Anmerkungen von Th. Benfey. Leipzig 1859

Hitopadesa
Eine alte indische Fabelsammlung. Aus dem Sanskrit zum erstenmal ins Deutsche übersetzt von M. Müller. Leipzig 1844

Calila und Dimna
Aus dem Arabischen von Ph. Wolff. Stuttgart 1837

Marie de France
Originalübersetzung von Ruth Schirmer nach: M. d. F., Äsop. Ed. U. Gumbrecht. München 1973

Ulrich Boner
Der Edelstein. Herausgegeben von F. Pfeiffer. Leipzig 1844

Heinrich Steinhöwel
Originalübersetzung nach: Steinhöwels Äsop. Herausgegeben von H. Österley. Tübingen 1873

Martin Luther
Originalübersetzung nach seinen Fabeln. Neu herausgegeben von W. Steinberg. Halle (Saale) 1961

Burkard Waldis
Esopus, von Burchard Waldis. Herausgegeben von J. Tittmann. Leipzig 1882

Erasmus Alberus
Die Fabeln. Abdruck der Ausgabe von 1550 mit den Abweichungen der ursprünglichen Fassung, herausgegeben von W. Braune. Halle (Saale) 1892

Hans Sachs
Sämtliche Fabeln und Schwänke. Herausgegeben von E. Goetze. Zweite Auflage besorgt von H. L. Markschies. Halle (Saale) 1953

La Fontaine
Hundert Fabeln. Übertragen von H. Hinderberger und N. O. Scarpi. Zürich 1965

Florian
Originalübersetzung nach: Fables. Paris 1846

John Gay
Originalübersetzung von Egon Menz nach: The Poetical Works. New York 1969

Leonardo da Vinci
Originalübersetzung nach: L. d. V., Denker, Forscher und Poet. Ed. M. Herzfeld. Leipzig 1904

Tommaso Crudeli
Originalübersetzung nach: Lirici del Settecento. A cura di B. Maier con la collaborazione di M. Fubini, D. Isella, G. Piccitto. Milano/Napoli 1959

Gian Carlo Passeroni
Originalübersetzung nach: Lirici del Settecento, s.o.

Lorenzo Pignotti
Originalübersetzung nach: Poesie. Pisa 1798

Aurelio de' Giorgi Bertola
Originalübersetzung nach: Lirici del Settecento, s.o.

Luigi Fiacchi
Originalübersetzung nach: Lirici del Settecento, s.o.

Félix María de Samaniego
Originalübersetzung nach: Fabulas. Madrid 1969

Tomás de Iriarte
Originalübersetzung nach: Fabulas literarias. Madrid 1965

Iwan A. Krylow
Krylóf's sämmtliche Fabeln. Aus dem Russischen übersetzt und mit einer Einleitung begleitet von F. Löwe. Leipzig 1874

Daniel Wilhelm Triller
Poetische Betrachtungen. Hamburg 1737

Daniel Stoppe
Neue Fabeln oder Moralische Gedichte, der deutschen Jugend zu einem erbaulichen Zeitvertreib aufgesetzt. Breslau 1745

Friedrich von Hagedorn
Versuch in poetischen Fabeln und Erzählungen. Hamburg 1738

Christian Fürchtegott Gellert
Fabeln und Erzählungen. Leipzig 1748

Johann Wilhelm Ludwig Gleim
Lieder, Fabeln und Romanzen. Leipzig 1758
Fabeln. Berlin 1758

Magnus Gottfried Lichtwer
Vier Bücher Äsopischer Fabeln in gebundener Schreibart. Leipzig 1748

Gottlieb Konrad Pfeffel
Fabeln und Erzählungen. In Auswahl herausgegeben von H. Hauff. Stuttgart/Tübingen 1840

Gotthold Ephraim Lessing
Sämtliche Schriften. Herausgegeben von K. Lachmann, 3. Auflage von Franz Muncker, Band 1. Stuttgart 1886

Christian Friedrich Daniel Schubart
Werke in einem Band. Ausgewählt und eingeleitet von U. Wertheim und H. Böhm. Berlin/Weimar 1965

Johann Wolfgang von Goethe
Gedichte. Mit Erläuterungen von E. Staiger. Zürich 1949

Friedrich Haug
Zweihundert Fabeln für die gebildete Jugend. Ulm 1823

Arthur Schopenhauer
Sämtliche Werke. 5. Band: Parerga und Paralipomena: Kleine philosophische Schriften. Leipzig o. J.

Franz Grillparzer
Sämtliche Werke. Herausgegeben von P. Frank und K. Pörnbacher. München 1964

Marie von Ebner-Eschenbach
Gesammelte Schriften. Berlin 1893

Wilhelm Busch
Werke. Herausgegeben von O. Nöldeke. München 1943

Franz Kafka
Die Erzählungen. Frankfurt (Main) 1961

Bildverzeichnis

Die Holzschnitte sind dem Band «Der teutsch Esopus» entnommen, übersetzt von Heinrich Steinhöwel, Augsburg 1498. Koloriert von Kurt Oggier.

Inhalt